김종원

나를 지키며
사는 법

삶을 괴롭히는 고통의 바다를 건너는 5가지 힘

나를 지키며 사는 법

초판 1쇄 2019년 12월 11일
초판 6쇄 2024년 11월 11일

지은이 김종원
펴낸이 이혜숙
펴낸곳 (주)그린하우스

출판책임 권대홍
출판진행 김소라
출판편집 박성숙
디자인 이승욱
제작 미래피앤피

등록 2019년 1월 1일 (110111-6989086)
주소 서울시 강남구 강남대로62길 3 한진빌딩 8층
전화 02-6969-8955
팩스 02-556-8477

ⓒ 김종원 2019
값 13,000원
ISBN 979-11-90419-10-9 13810

차례

2장   관점, 흔들리지 않고 사는 힘

3장   사색, 변화의 흐름 안에서 나를 바라보는 힘

4장 지성, 시대와 겨루는 근본적인 힘

5장 인문, 불확실한 시대를 건너는 힘

이순신 장군이 매번 승리할 수 있었던 힘은 마음을 다스릴 줄 아는 것이었다. 마음을 다스릴 줄 알았기에 거친 파도를 다스릴 수 있었다. 마음이 흐르는 길을 알고 있었기에 파도가 흐르는 길을 알 수 있었다. 마음의 길목에서 자신을 파괴하려는 세상의 침략을 막을 수 있었기에 파도의 길목에서 적의 침입을 막을 수 있었다.

우주에서 보면 나는 그저 먼지와 같은 존재지만, 내 입장에서 보면 우주도 먼지와 같은 존재다. 내 아픔과 슬픔, 불안을 괜히 멀리서 바라보거나 거대한 존재로 희석해서 지울 필요는 없다. 내게는 내 아픔이 가장 소중하니까. 지금 아파하지 않으면 언제 또 아파할 수 있을까?

'나, 왜 이렇게 힘들까?'라는 고민에 푹 빠져 마음껏 힘들어하는 시간도 인생에서는 매우 중요한 부분이다.

아프면 아프다고.

슬프면 슬프다고 말하자.

그래야 내가 나를 위로할 수 있으니까.

삶의 의미를 잃어가는 그대에게

이순신 장군은 그 누구보다 근사하게 자신의 삶을 지키고 주변까지 아름답게 만든 사람이다. 나는 지난 10년 가까이 그의 삶을 면밀히 연구하며 바라봤다. 그는 내게 사색가의 삶을 제대로 보여준 멋진 사람이다. 나는 누구나 아는 역사적 사실이나 정보 위주가 아닌, 사실과 사실의 틈에 숨어 있는 이순신의 마음을 세심하게 관찰하려고 노력했고 누구나 알고 있지만 아무도 발견하지 못한 점을 면밀히 바라보며 그의 삶을 대표할 몇 가지 사실을 깨달았다.

— 철저하게 고독했고, 언제나 깊은 사색으로 나라를 걱정했으며, 주변 상황은 힘들었지만 언제나 백성에게 인자했기에 기품이 넘치는 일생을 보낼 수 있었다.
— 돈과 명예를 추구하지 않았기에 자유를 얻을 수 있었고, 거짓

과 선동에 귀 기울이지 않았기에 원칙을 추구할 수 있었다.

— 쉬운 길을 선택하지 않았기에 수많은 유혹과 위기 속에서도 욕구를 키우지 않고 절제하며 살아갈 수 있었다.

지금 우리가 떠올리는 위대한 이순신의 삶의 바탕은 '기품'과 '관점', '지성'과 '사색', '인문'이었다. 사람은 보통 이 다섯 가지를 잃을 때 인생의 갈피를 잡지 못하고 무너진다. 반대로 말하면, 이 다섯 가지를 추구하는 자는 어떤 환경에서도 자신을 지키며 살아갈 수 있다. 물론 중요한 건 일상에서의 실천이며 긍정의 마음이다. 새롭고 다양한 일상을 맞이하고 싶다는 욕구가 생길 때마다, 그렇게 할 수 없다는 사실이 우리에게서 삶의 의미를 빼앗는다. 하지만 이순신 장군의 삶도 매우 단조로운 일상의 반복이었다. 어떤 일기를 읽어도 마찬가지지만, 1594년 9월 23일부터 26일까지 이어지는 4일 동안의 일기를 살펴보면 그가 일상과 사람을 대하는 태도, 그리고 깊은 사색으로 자신의 삶에 큰 변화를 주며 살았다는 사실을 알 수 있다.

9월 23일, 맑다. 여수의 웅천에서 포로가 되었던 박녹수와 김희수가 찾아와 인사하며 왜적의 정세를 알려주었다. 고마운 마음에 무명 한 필을 주어 보냈다.

24일, 맑다. 아침에 여러 곳에 편지 10통을 써서 보냈다.

25일, 맑다. 오후 2시, 하인이 실수로 불을 내는 바람에 대청과

수루 방에 옮겨 붙어 장편전(긴 화살인 장전長箭과 아기살인 편전片箭을 말함) 2백여 개가 모두 다 타버렸다. 군량, 화약, 군기가 있는 창고에는 불이 붙지 않았지만, 그저 바라만 봐도 매우 안타까운 마음이다.

26일, 맑다. 혼자 배 위에 앉았다 누웠다 하면서 긴 하루를 보냈다. 나라를 생각하니 마음이 편하지 않았다.

이 짧은 일기에서 우리는 그의 사색의 깊이와 사람을 대하는 기품, 상황을 바라보는 새로운 관점, 배운 것을 실천하는 지성과 인문 정신을 발견할 수 있다. 소중한 것이 모두 불에 탔지만 그는 하인을 질책하지 않았다. 다만 홀로 아파했을 뿐이다. 그 깊고 두꺼운 고독의 시간이 곧 이순신의 삶이다.

가장 고독했던 사람이
다시 누군가를 고독하게 만들 수 있다

나는 세상에서 가장 강한 한 사람을 알고 있다. 바로 우리가 잘 알고 있는 이순신 장군이다. 그가 세상에서 가장 강한 사람인 이유는, 모든 전투에서 승리했기 때문도, 불리한 상황에서 멋지게 승리를 쟁취할 수 있는 강한 군대를 만들어냈기 때문도 아니다. 단 하나, 그는 자신을 견뎠다.

비가 올 것처럼 날씨가 흐리다.

세상을 떠난 어머니를 생각하며,

혼자 배 위에 앉아 눈물을 흘렸다.

나처럼 외로운 사람이 세상에 또 있을까?

이순신 장군이 집필한, 임진왜란이 발발한 1592년부터 1598년까지 7년 동안의 기록, 『난중일기』를 관통하는 글이다. 그는 자신의 고독을 일기로 썼다. 수많은 일기 중 위에 소개한 4줄을 『난중일기』의 중심이라고 생각한 이유는 그의 강인하지만 유연한 고독의 힘이 멋지게 표현되었기 때문이다. 그는 힘든 상황에서도 자기 마음을 지켰다. 그것도 멋지게.

누구보다 섬세한 감성과 감각을 지닌 그는 매일 같은 일상을 반복했고, 지켜야 할 원칙을 반드시 지켰고, 적보다 무서운 자신과의 싸움을 이어나갔다. 또한 사랑이 가득한 그는 자신의 아픔은 말하지 않았지만 백성의 슬픔에 누구보다 슬퍼했고, 자신의 어려움은 감췄지만 나라의 어려움에 눈물을 흘렸다.

"가장 고독했던 사람이 다시 누군가를 고독하게 만들 수 있다."라는 말을 어떻게 생각하는가? 아마 말이 되지 않는 문장이라고 생각할 수도 있을 것이다. 이 문장에는 이런 뜻이 있다. 가장 고독했던 사람이 그 고독의 가치를 세상에 전할 수 있고, 그 가치를 알아본 사람들로 하여금 자청해서 고독에 잠기게 만들 수 있다는 의미다. 인생은 결국 혼자라는 사실을 알아야 고독의 힘을 알 수 있고, 나를 믿고 사랑하는 사람의 소중함을 깨달을 수 있다. 혼자라는 사실을 인정하지 못한 자에게는 결코 소중한 사람이 생길 수 없다. 이는 자신을 소중하게 대해야 타인도 소중하게 대할 수 있다는 말과 동일하다. 그가 매우 엄중한 시기에도 곁에서 아파하고 슬퍼하는 백성을 따스하게 안아준 것처럼, 자신을 소중하게 생각하는 사람이 누군가를 소중하게 대할 수 있고 그들을 향한 마음을 지킬 수 있다. 그래서 그는 하루 중 매우 많은 시간을 잠들지 못한 채 혼자 배에 앉아 고독이라는 화살을 매일 허공에 쐈다. 그렇게 수많은 화살을 쏘며 그는 깨달았다.

"실천해야 할 것은 가슴에 담고, 기억해야 할 것은 글로 남기자."

그의 조언처럼 그가 실천하며 우리의 가슴을 떨리게 한 모든 행동은 우리 가슴에 담고, 그가 『난중일기』를 통해 글로 남긴 것들은 우리가 다시 각자의 삶에서 글로 남겨야 한다. 그가 남긴 정신과 글을 통해 현실을 사는 우리도 그처럼 강인한 한 사람으로 성장할 수 있다.

마음이 칼이 되어 나를 찌를 때마다,
아픈 나를 바다로 데려가 고통을 잠재웠다.

우연은 아니었을 거다. 어떤 인물에 대한 책을 쓸 때마다 나는 탈고할 때, 그 사람을 눈앞에서 만난다. 이번에 그는 바람으로 내게 왔다. 탈고하는 날, 안전하지는 않았지만 지금 탈고하는 원고에 힘을 넣기 위해 밖으로 나가 거친 바람을 몸에 새겼다. 이 원고의 인물을 표현할 때, 이 거센 바람보다 적당한 것은 없다는 생각이 들었다. 걷는 내내 생각했다.

'아주 오랜 기간 이런 바람 속에서 살았는데, 그 세월을 어떤 마음으로 견뎠을까?'

그는 내게 이렇게 말했다.

"죽고 사라진 다음에는 아무리 멋진 생각을 해도 아무 소용이 없다. 살아 있을 때 네가 살아야 할 이유를 세상에 보여줘야 한다."

머리 위에서 건축 크레인에 달린 무쇠가 위태롭게 흔들렸다. 바람 때문이었다. 언제든 떨어질 것처럼 위태로운 무쇠를 바라보니, 그의 고통이 느껴졌다. 언제 죽을지 모르지만, 언제라도 죽을 수 있다는 각오로 심장을 몸 밖에 내놓고 살았던 그 사람, 그 위엄, 범접할 수 없는 기품. 그 귀한 가치를 몸에 치열하게 새기고 돌아왔다.

"죽은 것들은 연약한 바람에도 날아가지만, 살아 있는 것들은 거센 태풍과 손을 잡고 함께 전진한다."

1장 　　기품, 부르지 않아도 사람을 이끄는 힘

소신을 지키는 자의 뜻은 순결하다

"일본 선봉장 가토가 오고 있습니다."

임진왜란 중 선조는 이중 첩자 요시라가 전한 소식을 듣자마자 이순신에게 "적이 다가오고 있으니 당장 부산으로 가서 공격하라."는 명령을 내렸다. 하지만 이순신은 바로 움직이지 않았다. 왕의 명령을 바로 이행하지 않는 것은 반역을 뜻했지만 그는 신중했다. 움직이지 않겠다는 그의 근거는 매우 간단하고 명확했다. 하나는 '적에게서 나온 정보'라 믿을 수 없었고, 다른 하나는 '부산 주변의 바다는 전투하기 쉽지 않은 장소'였기 때문이었다. 하지만 요시라가 전한 대로 가토가 부산에 나타났고, 이순신은 왕의 말을 듣지 않았다는 이유로 감옥에 갇히는 신세가 되었다.

그는 평생 두 번이나 모든 것을 잃고 감옥에 갇혔다. 하지만 동시에 두 차례나 백의종군을 했다. 다시 말하면, 그는 두 차례나 목숨을 걸고 자신의 소신을 실천했다. 그가 만약 왕의 명령을 수행했다면, 자신의 목숨은 구할 수 있었겠지만 소중한 백성과 수많은 병력을 잃는 아픔을 겪어야 했을 것이다. 그는 소신을 지키며 혼자 고통받는 선택을 했다.

이순신 장군의 정치적 입장을 묻는 사람은 거의 없다. 진보나 보수, 중도를 지지하는 모든 사람이 그의 정치적 위치를 따지지 않고 지지하고 존경한다. 상황이 분명하다면, 이유는 더욱 간단하다. 정치적 입장이 궁금한 사람이 아니기 때문이다. 조금 더 현실적으로 말하면, 그걸로 먹고사는 사람이 아니기 때문이다. 하지만 다른 부분에서는 자주 질문을 받는다. 마음을 관리하는 법, 나라를 사랑하는 마음, 백성을 아끼는 태도 등이 그렇다. 그 이유 역시 간단하다. 그걸로 먹고사는 사람이기 때문이다.

그대는 무엇으로 자주 질문을 받는가?

어떤 질문에 힘들어 고통받는가?

그대가 자주 받는 질문과 고통이 바로 그대의 일이다. 그는 백성을 대하는 태도와 군사를 운영하는 문제에 대해서 자주 비난을 받았다. 하지만 그는 그들에게 아무 말도 하지 않았다. 그걸로 먹고사는 사람이므로 정당한 비판이라면 감수해야 하기 때문이다. 자주 받는 질문을 외면하지 말라. 그게 바로 그대의 일이니까.

태양을 바라보며 뛰는 사람은
촛불에 연연하지 않는다

이순신을 떠올리면 바로 원균이 연상된다. 물론 매우 부정적인 마음이 드는 관계다. 원균의 삶에 대해 자세히 알 수는 없지만, 적어도 공정하거나 정의를 지키는 사람은 아니었다는 것은 분명하기 때문이다.

하루는 원균이 이순신에게 술을 마시자고 청했다. 이순신은 내키지 않았지만 전투 전략을 논하자는 의미로 받아들이고 술을 조금 주었다. 그러자 그는 매우 빠르게 잔뜩 취했고 바로 태도를 바꿨다. 내면에 존재하는 부정적인 기운이 올라와 못된 말을 아무 생각 없이 지껄였다. 하지만 이순신은 그런 그를 조용히 바라보기만 했다. 어떤 원망도 비난도 항의도 하지 않았다. 사실 이순신에게 원균은 최악의 원수다. 아마 보통 사람이라면 당장 달려가 죽여도 원한이 풀리지 않을 것이다. 하지만 이순신은 달랐다. 목표가 분명한 사람은 온갖 감정의 변화에 흔들리지 않는다. 목표가 감정이 흔들리지 않도록 꽉 잡아주기 때문이다.

사람의 인품은 어떻게 형성되는가?

흔히 개혁을 외치지만 그것이 제대로 이루어지지 않는 이유는, 개혁이란 말이 매우 공격적이기 때문이다. 그래서 우리의 삶과 아주 먼 이야기라고 생각한다. 하지만 우리는 지금도, 어제도 작은 개혁을 위해 생각하며 말하고 있다. "타인의 생각을 바꾸려는 것."과 "내가 옳고 너는 틀렸다."라고 주입하려는 모든 행동과 말이 그렇다. 그게 바로 우리가 일상에서 반복하는 작은 개혁이다.

개혁은 기존에 존재하던 것을 버리고 완전히 바꾸는 것이기 때문에 반드시 반대가 따르고 분노와 슬픔, 그에 따른 원망이 섞인다. 이게 바로 우리가 누군가를 재단하거나 "너는 틀렸어."라고 말해서는 안 되는 이유다. 이순신은 세상을 바꾸는 개혁이 아니라 자신을 바꾸는 변화를 선택했다. 결국 세상은 위대한 개인의 변화에 이끌려 아름답게 변하는 것이라고 생각했기 때문이다. 대화와 소통을 위해 지금 우리에게 필요한 것은 옳고 그름을 구분하는 것이 아니다. "세상을 왜 바꿔야 하는가?"라는 질문이 아니라 "누가 더 아픈가?"라는 질문을 던져야 한다. 물론 모두가 자기 삶에서 아프다. 그래서 덜 아픈 사람이 더 아픈 사람을 안아주는 것이고, 그게 바로 우리의 삶을 아름답게 바꾸는 변화의 시작이다.

이순신 장군은 많이 배운 사람은 아니었다. 체력이 강한 장군도 아니었고, 화려한 것으로 자신을 치장한 사람도 아니었다. 하지만 그는 고고한 인품을 갖추었고, 그래서 아름다웠다. 사람은 인품이 중요하다. 자신의 고통보다 타인의 고통을 바라보며 아픔을 느끼는, 아름다운 흔적을 남기는 사람이 되려면 반드시 필요한 덕목이기 때문이다. 하지만 인품을 결정하는 것은 배움이나 재산, 지위의 높이가 아니다. 나는 이순신의 삶에서 인품을 갖출 수 있는 삶의 자세를 발견했다.

"넘긴 책의 페이지와 쌓은 통장의 재산이 아닌, 가슴에 품은 누군가의 슬픔이 그 사람의 인품을 결정한다. 더 많이 사랑하고 더 많은 사람의 슬픔을 안아준 사람이 자신과 세상을 일으킬 인품을 가질 수 있다."

이겨서 얻는 부수물에
연연하지 않으면 사람을 얻는다

세상에는 평생 단 한 번 성장하는 사람도 있고, 평생 동안 성장을 거듭하는 사람도 있다. 후자가 전자와 다른 점은 승리를 대하는 태도다. 전자는 승리한 후 자신이 가져갈 것들에 눈과 마음이 팔리지만, 후자는 승리를 거두어도 일상에 초연한 자세를 보인다. 승리 그 자체가 목적이 아니기 때문이다. 그들은 언제나 사람을 중심에 두고 생각한다.

이순신 장군은 평생 전투에서 진 적이 없다. 그는 그 엄청난 성과를 냈지만, 기쁨의 순간을 즐겼을 뿐 누군가에게 자신의 공적을 증명하기 위해 쌓거나 저장하지 않았다. 쉬운 일은 아니었다. 보여줘야 성과를 믿어주는 시대였고, 모두가 자신의 성과를 보여주기 위해 혈안이 되어 있었기 때문이다. 적의 신체 중 일부를 잘라 자신이 얼마나 많은 적을 죽였는지 증명하던 시대였다. 다들 공을 세우는 일에 급급해 거짓으로 올리는 경우도 있었다.

다시 나오지만, 원균이 대표적인 인물이다. 원균은 더 많은 적의 시체를 얻기 위해 부하들에게 정탐선을 타고 나가 바다를 뒤지게 했다. 이순신은 쓸데없이 기력을 소비하는 원균의 부하들을 잡아 그에게 다시 보내며, "적의 시체를 찾는 일에 연연하지 말고 한 명이라도 더 사살하기 위해 노력하라."라고 당부했다.

이순신이 적의 시체를 탐내지 않으니 자연스럽게 그의 부하들과 함께 싸웠던 명나라 장수들에게 시체가 많이 돌아갔다. 그들에겐 이순신이 매우 고마운 존재였다. 덕분에 이순신과 함께 전투에 나가는 장수들은 다른 장수들에 비해 진급이 빨랐다. 성과를 입증할 시체의 부수물을 더 많이 가져갈 수 있었기 때문이다.

이순신은 그런 모습을 비난하거나 질투하기보다는 자신이 줄 수 있는 것이 있다는 마음에 행복한 눈으로 바라봤다. 어느 날은 시체 부수물을 얻지 못해 부하를 꾸짖는 명나라 장수 진린에게 자신이 죽인 적의 시체를 양보하기도 했다. 진린은 그의 인품에 탄복하며 이렇게 말했다.

"역시 이순신 통제사는 나라의 기둥이 될 만한 신하이다. 옛 명장인들 어찌 이보다 낫겠는가."

진린은 당시 왕조차 자기 소신을 제대로 말하지 못하게 했던 사람이다. 그런 진린이 마음을 다해 이순신을 칭송한 것이다. 이순신은 이겨서 가질 수 있는 부수물에 욕심을 내지 않았다. 그걸로 부와 명예를 얻는 게 목표가 아니라 적을 이기는 승리 자체가 최선의 목표임을 잊지 않았기 때문이다. 그 마음 덕분에 그는 명나라 장수 진린을 포함해 주변에서 함께 전투를 하는 사람들의 마음을 얻을 수 있었다. 목표에 집중하면 사람을 얻어 그 사람들의 힘으로 성장을 반복할 것이고, 결과가 주는 부수물에 빠지면 성장하지 못할 것이다. 모든 성장은 사람에게서 나오는 것이기 때문이다. 사람을 안아야 한다.

많은 사람의 존경과 사랑을 받는 사람

1595년 9월의 일기에 이런 내용이 있다.

이설이 휴가를 신청했으나 허락하지 않았다.

전통사 이설은 1592년에 벌어진 첫 전투부터 그와 함께 싸운 부하였다. 그의 일기는 언제나 시처럼 짧고 강렬하게 압축되어 있어 그 뜻을 헤아리기가 쉽지 않다. 이해될 때까지 반복해서 읽고, 그래도 어려우면 그 일기를 쓴 날 전후의 일기까지 모조리 반복해서 읽어야만 비로소 해석의 길을 발견할 수 있다. 생사의 길에서 동고동락하며 지낸 이설의 휴가를 허락하지 않은 그의 마음은 무엇이었을까? 수많은 사색 끝에 나는 그의 마음을 만났다. 그는 이렇게 말했다.

리더는 가장 높은 곳에 앉아 있는 사람이 아니라 그를 따르는 수많은 사람의 마음 그 중심에 앉아서 그들의 삶을 따스하게 안아주는 사람이다.

오해할 수도 있다. 그렇게 부하의 마음을 안아주는 리더였다면 왜 휴가를 보내지 않았을까? 그는 언제나 병사들의 사기를 걱정했다. 매우 섬세하게 사기를 잃지 않도록 배려하고 신경을 썼다. 만약 이설에게 휴가를 허락했다면 당시 분위기상 '나도 좀 쉬고 싶은데.'라는 병사들의 욕구가 밖으로 표출될 수도 있었다. 그래서 이설의 마음을 알면서도 다른 병사들의 마음을 배려해 미안한 마음을 뒤로하고 허락하지 않았을 것이다. 오죽하면 그가 일기에 그 사실을 적었을까? 그의 글이 그의 무겁게 아픈 마음을 증명한다.

안아야 할 사람과 스쳐야 할 사람

사람에게 필요한 것은 자신의 마음을 알아주는 사람이다. 너무 많은 사람은 오히려 독이다. 주변에 사람이 너무 많은 사람이 있다. 그가 보내는 메시지와 통화 내용은 모든 사람에게 복사해서 붙여넣기를 하는 것처럼, 상대 이름만 다르지 내용은 거의 같다. 메시지와 음성을 들을 때마다 기분이 좋아지는 게 아니라 불쾌해지기도 한다. 사랑은 끝이 없지만, 한 사람이 사랑할 수 있는 사람은 한계가 있다. 자신이 사람들에게 비슷한 내용의 말을 전하고 있다고 생각되면 자신의 사람을 돌아보며 삶을 정리하자.

스칠 사람도 있다. 딱 보면 나와 잘 맞지 않을 것 같은 사람이 있다. 모든 사람에게 좋은 사람일 수는 없다. 모든 사람을 안을 수도 없다. 삐거덕거리며 시작한 인연은 끝까지 그럴 가능성이 높다. 때론 스칠 용기도 필요하다. 내 시간과 내 삶을 나눌 사람들이 소중한 만큼 스칠 사람은 반드시 스치는 게 좋다.

이순신이 매일 자신의 일상을 위해 사색한 것처럼 하루 30분, 오직 자신만을 위한 공간에서 내면을 만나는 시간을 즐기자. 만약 당신이 휴가를 떠나 월요일 아침을 호텔에서 맞는다면, 아침 8시에는 호텔 조식을 꼭 먹어야 한다. 배가 부르거나 아침에 다른 식사 약속이 있어도 꼭 조식을 신청해 커피 한잔이라도 여유롭게 즐겨야 한다. 이유는 간단하다. 너무 서둘지도 너무 느리지도 않게 월요일 아침을 관찰자의 입장에서 바라볼 수 있는 넉넉함을 즐기기 위해서다. 다들 뛸 때, 그걸 바라보며 움직이지 않을 여유를 느끼는 것은 삶에서 매우 중요하다. 뛰기만 하면, 뛰는 자신을 볼 수 없기 때문이다. 하루 30분이면 충분하다. 뛰는 자신을 관찰할 여유를 즐기자.

영원한 가치를 바라보는 사람은 영원히 남는다

1595년 8월, 이순신은 체찰사 이원익을 만나 조용히 이야기를 나누다 매우 중요한 세 가지를 느낀다. 하나는 나라와 백성을 사랑하는 그의 순수한 마음이었고, 또 하나는 반드시 사랑하는 것들을 지켜야 한다는 강한 집념이었으며, 마지막 하나는 그들이 겪는 고통을 없애고자 하는 고귀한 뜻이었다. 하지만 세상에는 언제나 누군가를 이용하며 상승하려는 자가 존재한다. 그는 바로 옆에서 그의 말과 행동에서 트집을 잡아 무작정 헐뜯으려 하는 호남 순찰사의 존재에 대해서도 느끼게 된다. 그렇게 그는 두 사람 사이에서 희망과 동시에 한탄스러운 마음을 가진다. 인간관계는 결국 선택이다. 어떤 사람을 만나 친분을 쌓느냐에 따라 인생이 바뀌기도 한다. 이순신은 당연히 고귀한 뜻을 지닌 이원익 체찰사를 선택했고, 호남 순찰사는 우선순위 끝에 두고 지냈다. 그렇다면 역사는 그가 평가한 두 사람을 어떻게 기억하고 있을까? 체찰사 이원익에 대해 지금의 역사는 이렇게 평가한다.

— 소박하고 솔직해서 과장이나 과시할 줄을 모른다.
— 주어진 역할에 충실하고 정의감이 투철하다.

5백 년 전에 이순신이 평가한 것과 다르지 않다는 것을 알 수 있다. 실제로 그는 당시 다섯 차례나 영의정을 지낼 정도로 위세가 대단했지만 백성과 나라를 생각하느라 자신의 재산은 하나도 쌓지 못했다. 아니, 처음부터 그는 그런 생각을 하지 않았을 것이다. 그가 사후에 남긴 방두 개가 전부인 오막살이 초가가 그 사실을 선명하게 증명한다. 반면 이순신이 동시에 평가했던 호남 순찰사에 대한 후세의 기록은 없다. 기록할만큼 가치 있는 삶을 살지 못했기 때문이다.

좋은 사람을 만나고 싶다면 당연히 스스로 좋은 사람이 되어야 한다. 그 이유는 간단하다. 좋은 사람이 되어야 좋은 사람을 알아볼 수 있기 때문이다. 단순하게 좋은 사람 주변에 좋은 사람이 모이는 게 아니라, 서로를 알아보기 때문에 모여 살게 되는 것이다. 사람은 오로지 자신이 이해할 수 있는 것만 보고 듣고 생각한다. 이순신은 사랑과 정의라는 사라지지 않는 가치를 가슴에 품고 평생을 살았다. 그 가치가 그의 삶을 영원하게 만들었다. 영원한 가치에 접근하자. 그게 바로 더 많은 것을 이해하고 보고 들을 수 있는 최선의 방법이다.

진실하게 바라보면 거짓을 말하는 자가 보인다

1596년 2월 3일, 이순신은 이런 내용의 보고를 받았다.

부산의 왜놈 세 명이 성주에서 항복한 사람을 거느리고 우리가 있는 곳에 와서 장사를 하겠다고 합니다.

그러자 그는 장흥 부사에게 "내일 새벽에 타일러 쫓으라."라는 내용의 전령을 보냈다. 주변 부하들이 그 이유를 묻자 그는 이렇게 답했다.

이놈들이 왜 물건을 사려고 하겠는가? 우리의 장점과 단점을 몰래 보려는 것이다.

그는 어떤 결정도 쉽게 내리지 않았다. 하지만 그것이 결정을 미루었다는 뜻은 아니다. 그가 내리는 결정은 언제나 확고했고, 합리적인 사고에서 나온 것들이었다. 우리가 거짓에 자꾸 속는 이유는 마음속에 거짓의 통로가 있기 때문이다. 진실하게 사물을 바라보며 생각하는 자에게는 거짓을 말하는 자와 그렇지 않은 자가 선명하게 보인다.

보통 이성을 사귀거나 결혼할 사람을 구할 때, "외모에 매력을 느끼는 시간은 짧으니 성격이 맞는 사람과 만나라."라고 조언하지만, 살다 보면 둘 다 완벽한 답은 아니라는 사실을 알게 된다. 이유가 뭘까? 외모가 세월에 따라 변하듯, 성격도 환경에 따라 변하기 때문이다. 때로는 믿었던 사람의 변한 성격이 더 큰 절망을 주기도 한다. 결국 모든 외적인 요인은 답이 아니다. 중심은 언제나 자신이어야 한다. 타인의 성격과 삶을 감별하는 사람이 되는 것보다. 자기 안의 세상과 사람을 진실하게 바라보는 틀을 장착하는 게 현명하다. 그런 마음으로 사는 사람은 강한 물살에도 흔들리지 않고, 거대한 소용돌이 안에서도 조용히 앞을 바라보며 정진할 수 있다.

방향을 잡고 현실에 충실한 사람은
찬란하게 성장한다

수많은 목표를 이루는 것도 중요하지만, 가장 중요한 것은 하나를 시작부터 끝까지 완성하는 과정을 통해 자신의 성장을 경험하는 것이다. 모두가 아는 이야기인데 왜 실행되지 않을까? 이유는 간단하다. 해답은 언제나 우리가 자주 사용하는 말에 있다. 나는 "애를 쓴다."라는 표현을 좋아하지 않는다. 이를테면 그 말은 이렇게 들린다.

— 도저히 할 수 없을 것처럼 보이는 것을, 자신의 모든 시간과 노력을 투자해서 어떻게든 이루어낸다.

"이게 뭐가 어때서? 불가능한 것을 해내는 것은 멋진 거 아냐?"라고 말할 수도 있다. 물론 모든 것을 바쳐 무언가를 이루어내는 것은 매우 귀한 일이다. 하지만 그건 앞에서 언급한 과정을 통한 성장의 기준에서 보면 매우 비생산적인 일이다. 과정을 삭제한 채 오직 결과만 바라보며 소중한 현실의 시간을 사라지게 하는 행동이기 때문이다. 여기에서 우리는 이 말을 기억해야 한다.

"우리가 가야 할 방향을 잡았다면, 나머지 모든 시간은 현실에 충실해야 한다."

결과는 일시적이지만 과정은 영원하다. 우리가 추구해야 할 것은 끝이 아닌 중간에 존재한다. 더구나 "애를 쓴다."라는 표현은 사람을 지치게 한다. 평생 딱 하나만 성취하는 걸로 만족한다면 그렇게 해도 괜찮지만, 방향을 설정하며 과정에서 성장을 위한 도구를 찾고 발전하고 싶다면 "현실에 충실하자."라는 말이면 충분하다. 사는 내내 애를 쓰며 살면, 그 삶은 대체 누구를 위한 것인가? 또한 그런 삶은 성장으로 이어지지 않아 자꾸만 타인에게 기대하게 되며, 그렇게 실망하다가 결국 하나도 이룬 게 없는 삶으로 끝날 가능성이 높다. 방향을 정했다면 일상의 충실로 자신의 삶을 살자.

"모든 일회일비의 끝은 애를 쓴 삶에, 끝나지 않는 찬란한 성장은 일상의 충실에 있다."

한 사람을 귀하게 여기는 마음은 태양 앞에서도 빛난다

어느 겨울, 눈이 세차게 내리고 차가운 바람이 살을 파고드는 깊고 어두운 밤이었다. 명나라에서 온 한 사신은 밖에 나가고 싶었지만 너무 추워서 엄두를 내지 못하고 있었다. 그런데 그때 그 차갑고 어두운 공간을 홀로 지나가는 사람이 보였다. 당시 통제사였던 이순신 장군이었다. 그는 그 이유가 궁금했다.

'대체 이 어둡고 추운 밤에 통제사는 어디로 가는 걸까?'

몰래 이순신을 따라가기로 결심한 그는 조심스럽게 그 뒤를 쫓았다. 얼마나 걸었을까? 놀랍게도 이순신이 발걸음을 멈춘 곳은 왜군이 잡혀 있는 포로수용소였다. 더욱이 이순신은 손에 책 한 권을 들고 있었다. 게다가 포로로 잡힌 한 어린 왜군에게 다가가 책을 읽어주는 것이 아닌가. 이해할 수 없는 행동이 이어지자 명나라 사신은 대체 어떤 책인지 궁금해 좀 더 다가가 귀를 기울였다. 『명심보감』이었다. 이순신은 어린 왜군에게 '부모에게 보답하는 길'에 대한 내용이 담긴 '효행편'을 읽어주었다. 이순신 자신이 평생 실천하며 "이것이 삶에서 가장 중요한 부분이다."라고 생각하는 내용이었다.

여기에서 풀리지 않는 의문이 하나 생긴다. '왜군이 어떻게 이순신의 말을 알아들었을까?'

그 왜군은 열 살에 포로가 되어 무려 5년 동안이나 수용 생활을 하고 있는 열다섯 살 소년이었다. 그간 이순신이 간간히 책을 읽어주면 알아들을 수 있을 정도의 말을 배운 것이다. 하지만 너무나 놀라운 사실이다. 이 세상 어떤 나라에서 포로에게 책을 읽어주는 장군의 사례를 찾아볼 수 있을까? 사람을 소중히 여기는 그의 마음은 이렇게도 따스했다. 전쟁 중이라 소년에게 다른 것은 줄 수 없으나, 그 나이에 필요한 부모를 향한 효의 정신을 전하기 위해 그 춥고 어두운 밤 그를 찾아가 책을 읽어준 것이다.

여기에서 우리는 정말 많은 것을 깨달을 수 있다. 독서는 그런 것이다. 또한 사람을 사랑하는 마음이란 그런 것이다. 그리고 명예와 지위를 내려놓고 진정으로 한 사람을 생명으로 대하는 것도 그런 것이다. 스스로 읽어 지식을 쌓는 것도 좋지만, 때로는 누군가에게 읽어주면서 진정한 독서의 가치를 발견할 수 있다.

귀한 마음은 최악의 순간 빛을 드러낸다

"모든 게 너를 위해서야."

이 말은 한 사람을 사랑하는 최고의 표현일 수도 있지만, 반대로 최악의 말일 수도 있다. 그 이유 중 하나는 상대에게 묻지 않고 한 일이기 때문이고, 다른 하나는 그 기준이 모두 다르기 때문이다. 사랑은 분명 아름답지만, 우리는 때로 옳지 못한 방법으로 보여준 사랑에 실망하며 아파한다. 모든 전투에서 승리한 반면 전쟁으로 자신의 가장 소중한 것을 잃은 이순신은 이렇게 말한다.

옳지 못한 방법으로 가족을 사랑한다 말하지 말자. 나는 스무 살의 아들을 적의 칼날에 잃었고, 그럼에도 또 다른 아들들과 함께 죽음의 전쟁터로 나섰다.

그는 소중한 가족과 자기 목숨까지 잃었다. 어떤 부모는 자식을 사랑하는 마음에 군대에 보내지 않으려고 한다. 그 사랑은 방향이 틀렸음을 이순신의 삶이 증명한다. 독단적으로 결정하지 말고, 아무리 사소한 거라도 그것을 받을 상대에게 묻고, 그가 원하고 나도 동의할 수 있는 지점에서 무언가를 결정해야 한다. 그런 삶의 자세를 갖기 위해서는 무엇이 필요할까?

한이 많은 세월을 보낸 그가 죽는 날까지 절대 하지 않은 말이 하나 있다. '통쾌하다'이다. 그는 『난중일기』 어디에서도 '통쾌하다'라는 표현을 사용하지 않았다. 미운 적과 맞서 싸워 완벽한 승리를 거뒀지만, 그 사실을 통쾌하다고 표현하지 않았다. 통쾌하다는 감정은 복수와 비난에서 일어난다.

"그렇게 잘난 척을 하더니 꼴 좋다. 통쾌하네!"

"내가 너 그럴 줄 알았지, 통쾌하다."

타인을 비난하고 복수하려는 감정으로는 승부에서 이길 수 없다. 승부는 가장 순수한 싸움이어야만 한다. 감정의 방향이 아닌 전략과 이성의 싸움이어야만 하기 때문이다. 우리는 감정만으로 나갔다가 무참히 패배한 전투의 기록을 매우 많이 알고 있다. '너에게 반드시 복수하기 위해서는 이겨야 해!'라는 마음이 아닌, '이겨야만 하는 상대'이기 때문에 이기자는 마음으로 다가가는 게 좋다. 그렇게 마음을 바꾸면 비로소 소중한 아들들을 전쟁터에 보내 잃고도 감정에 휩싸이지 않고 전투에서 승리한 이유를 알 수 있다. 그는 눈을 크게 뜨고 아들이 죽은 자리에서 이렇게 자신에게 외쳤을 것이다.

"지금 내가 있는 이 자리는, 어제 죽어간 아들이 생명을 바치고도 뜻을 이루지 못한 그 자리다. 하지만 내 아들아, 너는 아름다웠다."

타인을 억누르면 내가 사라진다

보통 사람들은 '내가 가지려면 타인의 것을 빼앗아야 한다.'라고 생각한다. 일반적인 생각이다. 하지만 이런 마음은 '누군가를 억압해야 나의 자존감이 커진다.'라는 생각을 만들고, 결국 자신과 전혀 상관없는 타인을 미워하고 비난하며 정작 가장 소중한 자신의 존재를 지우게 된다. 타인의 불행 위에 쌓은 행복은 행복이라고 말할 수 없다. 행복이라는 감정을 위해 자신의 존재를 지우는 어리석은 행동일 뿐이다. 더구나 내게 맞지 않는 것은 내게 수치심만 줄 뿐이다. 사는 게 힘들고 내일이 보이지 않는다면, 지금 자신이 어떤 생각으로 살고 있는지 점검해보는 게 좋다.

바꾸고 싶은 환경이나 세상이 있는가? 그렇다면 그것을 바꿀 모든 힘은 자신에게서 나와야 한다. 남에게서 빼앗아올 필요가 없다. 앞에서 말했지만 세상에 존재하는 모든 힘은 그걸 사용할 사람이 따로 있다. 내 안에 존재하고 내가 제어할 수 있는 힘이 아니라면, 그건 결국 나를 망치는 힘으로 작용할 것이다. 수치심으로 삶을 망치고 싶지 않다면 더욱 자신의 힘을 발견하는 데 집중하라. 모든 개인이 자신이 가진 힘을 발견하고, 하나로 뜻을 모아 함께할 때 비로소 강력한 변화가 시작된다. 그냥 숫자가 많으면 되는 게 아니라, 자신의 힘을 발견한 사람이 모일 때 비로소 사람의 가치가 빛난다.

마음을 전하면 마음을 받는다

힘든 나날이었다. 명나라는 정치와 군사 행동으로 끊임없이 조선을 괴롭혔다. 하루는 성격이 포악해 남과 어울리지 못하기로 소문이 자자한 명나라 장수 진린이 완도의 고금도로 내려와 이순신과 합세했다. 그가 출발할 때 임금이 몸소 밖으로 나와 배웅할 정도로 그는 기세등등했으며, 자기 마음 내키는 대로 행동하며 주변 사람들을 힘들게 했다. 조선의 임금도 어찌할 수 없을 정도로 거칠 게 없는 그였다. 말로는 합세한다고 했지만 전쟁이 시작되면 뒤에서 자신을 조정하며 귀찮게 할 것이 눈에 선했던 이순신은 사색에 잠겼다.

'어떻게 그의 마음을 차분하게 만들 수 있을까?'

'그가 최선을 다해 나를 돕게 하려면 어떻게 해야 할까?'

당시 조정에서도 "진린이 이순신을 이길 것이다.", "진린은 이순신을 장군으로 인정하지 않을 것이다.", "군사도 마음대로 다루며 자신이 모든 것을 통제하려고 할 것이다."와 같이 예상할 정도로 이순신에게는 매우 어려운 상황이었다.

사색을 마친 이순신은 자신의 생각을 바로 실천했다. 사색하는 시간은 길었지만 행동을 시작하자 그는 거침이 없었다.

— 먼저 사냥을 해서 그가 좋아하는 짐승과 생선을 잡아 잔치를 준비했다.

— 진린의 배가 들어오자 군사를 배치한 후 나가 친히 그를 맞이하며 정성을 전했다.

— 그리고 승부수를 던졌다. 얼마 후 왜적이 고금도를 공격했는

데, 이를 물리치며 벤 적의 머리 40여 개를 바로 진린에게 보낸 뒤 "당신이 있어 가능했습니다."라고 말했다.

그러자 자기 마음대로 행동하던 진린도 마음을 열고 이순신을 다시 바라보기 시작했다. 무슨 일을 하든 그와 함께 논의했고, 어디에 가든 그와 함께 나섰다. 중요한 일이라며 먼저 나서거나, 공을 독차지하려고 그를 배제하지 않았다. 이를 통해 이순신은 자신이 원하는 것을 하나하나 마련하기 시작했다.

— 조선의 군사와 명나라의 군사를 차별하지 않는다.
— 죄를 진 병사는 국적을 따지지 않고 같은 처벌을 받는다.

그러자 모든 병사가 걱정 없이 지낼 수 있었고, 이에 감동한 진린은 임금에게 이런 편지를 썼다.

이순신 장군은 천하를 다스릴 만한 인재입니다. 어떤 어려움도 능히 극복해낼 능력이 있습니다. 어디에서도 볼 수 없는 뛰어난 장군입니다.

영화에서도 볼 수 없는 극적인 반전이 일어난 것이다. 임금까지 무시하던 그가 한낱 장수에게 고개를 숙여 예를 표했다는 것은 우리에게 많은 것을 시사한다. 상대가 내게 마음을 보이지 않는다면 내게 문제가 있을 가능성이 높다. 마음을 주면 반드시 마음을 받기 때문이다. 아무리 포악한 사람도 진실한 마음 앞에서는 마음을 열게 된다. 이순신은 그 마음의 힘을 아는 사람이었다.

한 사람의 마음은 한 사람의 생명이다

이순신 장군과 기구한 인연을 만든 한 사람이 있다. 그는 관직에 있어 경제적으로도 문제가 없고 당시 병사도 아니었지만, 아들과 함께 노량해전에 참전했다. 그들은 매우 강렬한 마음으로 전선 가장 앞에서 격렬하게 싸웠다. 하지만 그 뜨거운 마음도 총알을 피할 수는 없었다. 아들이 먼저 왜적이 쏜 조총에 맞아 생을 달리했고, 이를 본 아버지는 조선시대의 대표 전투선인 판옥선을 맹렬하게 몰고 적진 깊숙이 들어가 왜군을 무찌르다 적탄에 맞아 아들을 따라 떠났다. 놀랍고 기구한 사실은 그들 부자를 따라 이순신 장군도 하늘로 떠났다는 것이다. 시간을 돌려보자. 이순신 장군과 부자, 그들에게 대체 어떤 사연이 있는 걸까?

1597년 4월, 백의종군을 한 이순신은 전남 구례에 도착했다. 그 많은 지역 중 왜 하필 구례일까? 권율 장군 때문이었지만, 그게 전부는 아니었다. 그가 구례에 오래 머물며 전쟁을 준비할 수 있었던 건, 당시 구례 주변의 곡식창고를 관리하던 손인필 때문이었다. 앞서 언급한 노량해전에 참전한 부자의 아버지가 바로 그였다. 그는 죄인이자 관직도 없는 이순신을 마치 그 나라의 왕처럼 존경하며 따스하게 맞이했다. 그 마음을 알고 있던 이순신은 자신의 모든 생각과 계획을 그와 함께 나누며 의논했다. 관직과 재산을 모두 잃은 이순신에게 남은 것은 애국심과 백성을 지켜야 한다는 애민정신뿐이었다. 문제는 그것을 지킬 힘과 정보가 없다는 사실이었다. 이때 왜적에 대한 정보를 수집하던 이순신에게 손인필이 중요한 정보를 제공했다. 두 사람은 그렇게 서로가 서로에게 꼭 필요한 존재가 되었다. 하루는 이순신 장군이 곧 치를 전쟁을 염려하며 잠을 이루지 못하자, 그들 부자가 나서 이렇게 외쳤다.

"장군님, 걱정하지 마십시오. 저희가 함께 따르겠습니다."

그건 자신과 장남의 생명을 이순신에게 맡긴 것과 같았다. 그렇게 손인필은 장남인 손응남과 함께 이순신 장군을 따라 1598년 11월 노량해전에 참전해 죽음까지 함께한 것이다. 한 사람의 마음과 그 마음이 지닌 가치를 볼 수 있는 장면이다.

마음을 다했다면 그다음부터는 마음의 일이다

세상에는 위대한 전략가가 많다. 그들은 각자의 분야에서 실력을 뽐내며 화려한 전략으로 원하는 것을 얻는다. 분야마다 전략은 모두 다르지만, 나는 모든 분야를 아우르는 최고의 전략을 하나 알고 있다. 그건 바로 전략을 세우지 않는 것이다. 최고의 이미지 전략은 이미지를 생각하지 않는 것이며, 최고의 마케팅 전략은 마케팅을 생각하지 않는 것이다. 있는 그대로를 보여줄 때, 수많은 전략을 들고 나온 상대는 당황한다. 전략이 있는 자에게 전략이 없는 자의 모든 행동과 말들은 이해할 수 없는 암호와 같기 때문이다. 상대는 '저건 대체 무슨 전략이지?'라는 고민만 하다가 시간을 보낼 것이다. 전략가의 눈에는 전략만 보이기 마련이다.

전략은 반드시 필요하다. 하지만 그것에 집착할 필요는 없다. 우리는 왜 자꾸 전략에 집착하게 되는 걸까? 자신의 모든 것에 대해 믿음이 부족하기 때문이다. 그대는 자신을 믿는가? 그대가 진실하다면, 과정에 마음을 담았다면, 결과는 분명하다. 바로 앞 문장에 나는 느낌표 세 개를 쓰고 싶었으나 참았다. 문장을 읽는 그대 눈에서 강력한 느낌표가 튀어나오기를 바라기 때문이다. 진실하다면, 충실했다면 전략을 버려라. 전략은 그대의 진실과 마음을 가릴 뿐이다. 몇 번을 강조하고 싶다. 마음을 다했다면 그다음부터는 마음의 일이다.

아픈 마음을 견디면 한 사람을 더 사랑할 수 있다

성 밑에 사는 석수 토병 박몽세가 선생원에 쓸 돌을 구하기 위해 채석장에 가서는, 백성이 키우는 동네 개를 잡아먹는 등 민폐를 끼쳤으므로 곤장 80대를 때려 벌했다.

『난중일기』의 내용이다. 나는 이 짧은 글을 반복해서 읽었다.

045

짧지만 다양한 사물과 이념을 바라보는 그의 시선이 강렬하게 느껴졌기 때문이다. 짧은 글이지만 여기에는 다양하게 생각할 수 있는 문제가 많다. "그래도 너무하네. 개를 잡아먹었다고 곤장을 80대나 치다니!", "당연하지. 역시 위대한 장군이네. 개도 사람처럼 귀한 생명이니까.", "전투를 준비할 시간에 너무 작은 문제까지 관여한 거 아닌가?", "작은 것의 소중함을 아는 이순신 장군, 참 섬세하기도 하네."

그대는 어떻게 생각하는가? 일단 현실로 돌아와 다른 사례로 생각해보자. 주말 오후의 주유소는 대개 한가하다. 하지만 아주 가끔 차량이 줄줄이 주유소로 들어올 때가 있다. 정부가 일시 감면한 유류세가 환원되기 전날 그렇다. 줄을 선 운전자들의 이유는 가지각색이다. "10원도 아까운데 리터당 40원 이상 올라서요.", "반만 넣으려고 했는데 오르니까 가득 채우려고요.", "장거리 운전은 거의 하지 않지만 일단 최대한 채워야죠.", "몰랐는데 와서 알았네요. 그럼 가득 넣어야죠."

오를 가격을 예상해보니 내가 평소만큼 기름을 넣으면 1,000원 정도 차이가 난다. 누군가에게는 그게 큰 금액일 수도, 아닐 수도 있다. 내게는 둘 다 해당된다. 큰 금액이지만 동시에 작은 금액이다. 이유는 이렇다. 1,000원이 소중하기 때문이고, 1,000원을 아끼기 위해 소비하는 나의 시간의 값이 더 크게 느껴지기 때문이다. 그저 지나가다 주유소에 들른 거라면 아무 상관이 없지만, 단순히 1,000원이 이끈 것이라면 내게는 큰 손해다. 그 시간에 산책을 하거나, 사색과 집필에 열중하는 것이 오히려 생산적이다. 하지만 세상에 "그게 맞아."라고 말할 인생은 없다. 각자 자신의 역할이 다르기 때문이다.

앞서 언급한 이순신 장군이 내린 곤장 80대, 그 숫자는 매우 무겁다. 그렇게 많이 맞으면 사람이 죽을 수도 있는 문제이기 때문이다. 그래서 상을 주기는 쉽지만 벌을 주기는 어렵다. 한때 상을 준 사람이거나 평소 아끼던 부하라면 차라리 자신을 때리고 싶을 정도로 곤혹스럽다. 그는 그런 상황을 정말 수없이 겪었을 것이다. 그는 아픈 자신을 어떻게 견뎌냈을까?

나는 우리 모두가 연기자라고 생각한다. 인간의 욕심이 다른 역할을 동경할 때 가끔 우리는 두 가지 삶을 연기하는 이중인격자가 된다. 사랑을 말하지만 미움에 빠질 때도 있고, 나눔을 실천하지만 그게 힘들 때도 있다. 이순신의 삶은 내게 이렇게 고백한다.

"그럴 때마다 나는 내면의 고통을 겪는다. 하지만 내게는 또 하나의 역할이 있어 고통스러워도 다시 시작하는 것이다. 멈춘 자리에서 다시 시작하면 된다. 포기하지 않는 자세가 그 역할을 맡은 연기자에게 가장 필요한 덕목이다."

원칙을 수행하기 위해서는
깊은 고통의 바다를 건너야 한다

또 다른 그의 일기를 본다. 내가 읽는다가 아니라 본다고 표현하는 이유는, 그 상황을 선명하게 상상하며 보는 것처럼 들여다보기를 바라기 때문이다.

가랑비가 아침 내내 내렸다. 여도 수군 황옥천이 왜적의 소식을 듣고 집으로 도망갔는데, 잡아서 목을 베어 모두가 볼 수 있게 사람들이 모여 있는 곳에 걸었다.

전쟁 중에는 당연한 일이다. 무서워 도망친 선택도 어떻게 생각하면 생명을 위협하는 적에게서 멀어지려는 선택지 중 하나이고, 그를 잡아 처참하게 죽여 대중에게 보여주는 일도 장군이 해야 할 중요한 선택 중 하나다. 다만 그 일이 어찌 아프지 않을 수 있을까? 그의 일기는 100% 날씨로 시작한다. 이날도 마찬가지였다. 하지만 다른 점이 하나 있다. 보통은 흐리다, 맑다, 비가 내리다가 멈췄다 정도로 표현했는데 이날은 달랐다. 거의 사용하지 않는 "가랑비"라는 단어와 "아침 내내 내렸다."라는 표현이 그의 아픈 마음을 대변한다.

하지만 이보다 더 강하게 다가온 부분은, 앞서 언급한 개를 잡아먹은 석수와 집으로 도망가 목을 벤 부하의 이름을 모두 기억하고 있었다는 사실이다. 이름을 모르는 사람에게는 얼마든지 나쁜 것을 줄 수 있다. 하지만 이름을 안다는 사실은 매우 다른 느낌을 준다. 그는 백성을 향한 사랑과 나라를 지키려는 애국정신을 삶에서 실현한 사람이다. 자신의 역할을 충실히 수행하기 위해 그가 버리고 겪어야 할 고통이 참으로 많았다. 하지만 그는 자신에게 주어진 원칙을 수행하기 위해 매일 깊은 고통의 바다를 건넜다. 세상에는 저절로 이루어지는 일도, 마냥 좋은 역할과 상황도 없다.

그러나 지금 시작하라

"너무 갑자기 물으셔서 답을 못 하겠네요."

강연 중에 한 사람을 지목해 질문을 던지면 가장 많이 나오는 답변이다. 그러면 나는 장난삼아 "그럼 5분 후에 질문할까요?"라고 말한다. 인생은 따로 준비할 시간이 없다. 아무도 "1년 후에 고난이 찾아가니까 준비하고 있어."라고 귀띔해주지 않는다. 바로 답하고 바로 움직이지 않으면, 바로 망가지고 바로 사라진다. 우리는 왜 가장 관심 있는 분야에 대한 질문에도 바로 답하지 못할까? 마음에 너무 많은 생각이 들어 있기 때문이다.

'무소유'는 아무것도 소유하지 않는다는 의미가 아니다. 가지는 것을 경계하라는 말이 아니라 이미 가진 것을 소중히 대하라는 말이다. 인간이 가진 가장 중요하고 단 하나뿐인 가치인 '생명'을 소중하게 느끼며 살라는 조언이다. 아무리 좋은 말을 들어도 그 의미를 제대로 파악할 수 없으면 삶에 영향을 줄 수 없다.

'무심'도 마찬가지다. 무심은 아무것도 생각하지 말라는 의미가 아니다. 가슴에서 활활 타오르는 자신의 단 하나의 목표, 그것만 남기고 다 버리라는 말이다. 세상에 모든 것을 다 이루는 방법은 없지만 하나를 완벽하게 이루는 방법은 있다. 바로 '무심'이다. 당신의 심장을 아프게 할 정도로 가슴속에서 뛰어다니는 그 하나의 뜻만 생각하라. 그리고 시작하려는 당신, 하나만 더 기억하라.

"당신에게 주어진 혹은 선택한 역할을 시작하라. 지금 시작하지 않으면, 당신은 영원히 시작하지 않을 것이다."

고독하다는 것은 고뇌를 의미하는 게 아니다.

바다에 가득한 저 파도처럼,

언제든 어디로나 자유롭게 갈 수 있다는 것을 의미한다.

나만 아는 그 소중한 자리에서, 내가 오기를 기다리는 거다.

2장　　관점, 흔들리지 않고 사는 힘

내 인생의 방해자는 언제나 나 자신이었다

'나는 왜 되는 일이 없을까?'

살면서 자주 이런 고민을 한다. 그런데 생각해보면 되는 일이 없었던 것이 아니라, 되게 한 일이 없었다는 것을 알 수 있다. 그 이유는 하나를 강력하게 추구한 경험이 없기 때문이다. 물론 흔들리지 않는 강직한 마음은 누구에게나 요구할 수 있는 덕목이 아니다. 쉽게 가질 수 없는 고귀한 덕목이기 때문이다. 세상이 부정할수록 마음이 강직한 사람은 혼자 고독한 시간을 보내야 한다.

"저 사람은 왜 저렇게 뻣뻣한가?"

"저 사람은 뭔데 내게 고개 숙이지 않지?"

하지만 그들은 어떤 방해와 술수에도 고개를 숙이지 않는다.

돈과 명예를 따라 움직이는 사람이 아니기 때문이다. 강인한 마음을 가지고 태어나는 사람은 없다. 이순신 장군도 마찬가지다. 그는 다음 일곱 가지 자세를 실천하며 자기 삶을 강하게 만들어나갔다.

1. 우리는 세상 모든 사람과 거래할 수 있다.

   하지만 단 한 명과는 거래하지 않는 게 좋다. 그건 바로 자신이다. 나는 내가 가진 마지막 보루라는 것을 기억해야 한다. 힘들 때는 더욱 자신과 거래하지 마라. 나약한 자신과 만날 뿐이다. 자신에게 지면 더 이상 물러날 곳이 없다.

2. 시간이라는 최고의 자산을 낭비하지 마라.

   누구나 처음에는 막대한 시간을 투자해 적은 돈을 번다. 생산적인 인생을 사는 것은 나중의 일이다. 시작이란 언제나 그런 식이니까. 하지만 그런 비생산적인 일상이 반복되면 당신의 시간과 선택을 돌아보라. 그걸 당연히 여기지 말고 돌아보며 나아질 생각을 하라.

3. 막기만 하는 삶에서 벗어나라.

   단순하게 삶이 주는 고통을 막기만 하는 데 급급하면 앞으로 나아갈 수 없다. 고통이 지나가기를 바라는 마음으로 살면 죽을 때까지 고통만 맞이하게 된다. 피하기보다는 더 큰 고통을 감수하며 저지르는 일상을 보내자. 마음만 조금 바꿔도 새롭게 할 수 있는 일이 더 많이 생긴다.

4. 소중한 사람의 이익을 함께 생각하라.

자기만 잘 사는 것은 쉬운 일이다. 하지만 다른 사람까지 생각하며 사는 것은 매우 어려운 일이다. 그래서 더 귀하다. 소중한 사람들을 생각하며 돈으로 얻지 못할 마음을 가슴에 담을 수 있기 때문이다. 그들을 생각하며 힘을 합치고, 서로 다른 부분을 이해하고, 관계를 소중하게 생각할 기회를 가질 수 있기 때문이다.

5. 반드시 의사를 제대로 표현하라.

분명하게 원하는 것이 있다면 "싫다."라고 말하는 것을 두려워하지 마라. "싫다."라고 말할 수 있다는 것은 다른 사실에 "좋다."라고 말할 수 있다는 증거이기 때문이다. 우리는 모두 다르다. 그래서 특별하다. 자신의 의사를 분명하게 표현하며 특별한 삶을 시작할 수 있다.

6. 내일은 조금만 믿고 오늘을 최대한 믿어라.

현실이 힘들어지면 자꾸만 내일과 내년만 생각하며 계획을 세우게 된다. 그는 언제나 현실을 강조한다. 예상할 수 없는 내

일을 위한 완벽한 전략보다 지금 당장 실천할 수 있는 최소한의 전략이 필요하다. 오늘을 제대로 살아야 내일의 희망을 기대할 수 있다.

7. 변화는 그 사람의 본성을 깨운다.

작은 바람에도 흔들리는 사람이 있지만, 태풍 속에서도 의연한 사람이 있다. 그는 오늘을 사는 사람이다. 오늘 흔들리지 않는 사람으로 살아야 내일을 볼 수 있다. 동반자를 찾는다면 그런 세찬 바람에도 오늘을 굳건히 지키는 사람을 선택하라.

이순신 장군의 삶은 움직이지 않으려는 사람들에게 이렇게 조언한다. "내 인생의 방해자는 언제나 나 자신이었다. 내가 쌓고 내가 파괴하며 살았다." 그걸 인정해야 변할 수 있다. 누구도 당신에게 강제로 오늘을 살게 하지 않았다. "나는 내가 책임진다." 이게 더 나은 삶을 만드는 시작의 언어다.

철학을 가진 사람의 일상은 그냥 사는 사람과 다르다

이순신 장군에게 "하루 중 얼마나 전투에 대해 생각하시나요?"라고 물으면 어떤 답이 돌아올까? 아마 그는 답하지 않을 것이다. 그 질문 자체가 이미 자신에게 질문할 자격이 없음을 의미하기 때문이다. 그가 깨어 있는 내내, 아니 잠들어 있는 순간에도, 숨이 붙어 있는 내내 전투만 생각한 사람이었다는 사실을 인지하지 못한 채 물어서는 그에게서 무엇도 얻을 수 없다. 그는 나라와 민중, 그리고 일본으로부터 조선을 지키겠다는 생각만 하며 살았다. 봄이 찾아와 싹이 일어나도, 가을이 와 바람이 차가워져도 그는 오직 하나, 조선을 지키겠다는 마음만 갖고 있었다.

하나의 마음을 오래 간직하면 그 사람의 철학이 되고, 그것을 가진 사람과 다른 사람을 구분할 수 있게 만든다.

1592년 2월의 일기를 보면 그의 철학이 삶에 어떤 영향을 주었는지 알 수 있다. 2월 26일, 그는 이렇게 썼다.

장전과 편전은 쓸 만한 것이 하나도 없어 걱정했지만, 다행히 전투선은 쓸 만한 수준이라 기쁘다.

그리고 다음 날 다시 이렇게 썼다.

아침에 전투 점검을 마치고 높은 지점에 올라가 아래 상황을 살펴보니, 외롭고 위태로운 외딴 섬이라 사방에서 적의 공격을 받을 수 있고, 성과 왜적의 침입을 막기 위해 만든 지형까지 엉성해서 절로 걱정이 된다.

그는 그저 그때그때 주어진 상황에서 즉석으로 전략을 생각한 것이 아니다. 매일 주변을 관찰하고 왜적의 상황을 연구하며 훗날의 전투를 대비했다. 언제든 나가서 이길 수 있도록 주변의 모든 상황을 제어하며 승리에 최적화된 일상을 보냈다.

중심을 잡아야 다른 세상으로 갈 수 있다

세상의 현명한 선택은 언제나 1%의 몫이다. 80%는 후회할 순간조차 인지하지 못하며 살고, 19%는 후회하며 산다. 그러나 철학을 가진 사람 1%는 분노하지 않고, 그러므로 남을 비난하지 않으며, 자기 분야에서 브랜드를 갖고 자유로운 삶을 산다.

그 이유는 이렇다.

— 어리석은 사람은 세상이 시키는 일만 하느라 세상이 어떻게 돌아가는지 몰라 안타깝게도 자신의 선택에 후회할 시간조차 만나지 못한다. 선택이라는 것을 해본 적이 없기 때문이다.

— 보통 사람은 세상이 시키는 일에 익숙해져 세상일에 관심을 두지만 분노 혹은 옹호에만 그친다. 옹호도 결국 분노다. 모든 면에는 그림자가 있는 법이니까. 타인을 옹호하기 위해 살며, 반대로 누군가를 비난하며 산다. 결국 정작 소중한 자신이 없는, 후회만 가득한 삶을 살게 된다.

— 철학이 있는 사람은 세상이라는 파도를 타고 다른 지역으로 이동해 자기 삶을 산다. 삶의 파도는 누구에게나 찾아온다. 하지만 수많은 사람이 파도가 파도인 줄 모르고 스치며, 보통 사람은 파도가 높다고 불평하거나 낮다고 좋아한다. 하지만 철학이 있는 사람은 파도가 올 때마다 깊은 사색으로 타고 이동할 세상을 구상한다.

다른 세상으로 갈 기회는 언제나 존재한다. 세상의 파도를 자신의 것으로 만들어, 그대의 철학이 가리키는 방향으로 가라.

눈을 뜨면 읽을 수 있고, 눈을 감으면 짐작할 수 있다

1596년 1월 8일, 날씨는 한겨울답게 몹시 매웠다. 그는 그날 일기에 이렇게 썼다.

아침 일찍 왜적 다섯 명이 항복했다. 이유를 물으니 장수의 성질이 포악하고 시키는 일을 처리하기가 너무 힘들어 도망 나와 항복했다고 했다.

살을 에는 추운 겨울, 상대적으로 풍족한 왜적은 그나마 조선의 병사보다 배부르고 따뜻하게 지낼 수 있었다. 그런데 왜 조선의 병사는 도망가지 않았고 왜적은 자꾸만 항복하며 스스로 전쟁 의지를 버렸을까? 1596년 12월 14일 일기에서 힌트를 발견할 수 있다.

맑다. 경상수사와 여러 장수가 합포로 나가 왜놈들을 타일렀다.

도저히 이길 수 없는 적과 용맹하게 싸워 이긴 게 죄라면, 과연 어떤 장군이 억울한 누명을 씌운 왕에게 충성을 다할 수 있을까? 하지만 그는 그런 누명 정도는 스스로 넘어야 할 어떤 벽이라고 생각하며 힘을 잃지 않았고, 오히려 더욱 뜨거운 마음으로 적을 물리치며 백성을 지켰다. 그가 비참한 상황에서도 힘을 내며 최선의 성과를 낼 수 있었던 근원적인 힘은 바로 따뜻한 마음이었다. 죽이는 것만이 능사는 아니었다. 그 사실을 알고 있는 그는 시간이 날 때마다 왜적을 타일렀다. 그들의 언어는 읽지 못했지만 그들의 마음은 누구보다 잘 알고 있었기 때문에 가능한 일이었다. 그는 눈을 감아도 볼 수 있었다.

이를테면 이순신의 독서는 하루 24시간 지속되었다. 그의 독서는 책을 읽는 것만으로 특정할 수 없기 때문이다. 눈을 뜨고 세상을 바라보는 일이 그에게는 독서였고, 눈을 감고 세상을 짐작하는 일 또한 그에게는 독서였다. 그는 살아 있는 내내 세상을 읽었다. 그처럼 24시간 내내 세상을 읽고 짐작하는 것과 비교하면, 단순하게 책을 읽는 것은 매우 사소한 일이다. 독서량을 늘리는 것은 제한적이다. 하루 24시간은 누구에게나 동일하다. 그러므로 24시간 중 책을 읽기 위해 낼 수 있는 시간도 개인차는 있겠지만 결국 24시간이라는 한계는 넘을 수 없다. 버스에서 읽고 지하철에서 읽어도 차이는 많이 나지 않는다. 그래서 이순신이 결심한 것은 눈을 뜰 때나 감았을 때나 동일하게 읽을 수 있는 자신을 만들어나가는 것이었다. 세상을 바라보며, 사람과 자연의 변화를 감지하며 그는 인생을 살아갈 모든 것을 읽고 배웠다.

가장 순결한 시선이 가장 지혜로운 답을 준다

적의 꾀를 헤아리기가 매우 힘들다.

표현은 조금씩 다르지만 그의 일기에서 반복되는 표현 중 하나다. 매일, 아니 살아 있는 거의 모든 순간 적을 의식하며 그들을 이길, 나라를 지킬 가장 좋은 방법을 생각했던 그의 삶. 무엇이 그에게 최고의 지혜를 준 걸까? 그가 남긴 일기에 모든 답이 있다. 하루는 아침에 흰 머리털 여남은 오라기를 뽑았다. 누구에게 잘 보이고 싶어서도, 스스로 원해서도 아니었다. 단지 늙으신 어머니가 계시기 때문에 자신의 흰 머리털을 뽑았다. 그는 그렇게 섬세하고 순수했다. 그의 모든 생각은 순결했다. 그의 그런 모습을 신사임당의 말을 빌려 표현하면 이렇다.

기품을 지키되 사치하지 말고, 지성을 갖추되 자랑하지 마라.

간혹 내게 이런 질문을 하는 사람이 있다.

"글쓰기를 빠르게 잘할 수 있는 방법을 알려주세요."

물론 그런 방법을 알려줄 수 있다. 세상엔 이미 단기에 글을 잘 쓸 수 있게 가르칠 수 있다는 곳이 존재하니까. 하지만 순결한 마음으로 세상을 바라보는 자는 이런 지혜로 그런 비생산적인 길을 벗어날 수 있다. 이 것은 평생 순결한 눈으로 세상을 바라본 이순신 장군의 소리이기도 하다.

"잡초는 빠르게 자라지만, 거목은 천천히 자란다. 그대는 자신의 분야에서 잡초가 되고 싶은가? 열렬한 응원을 받으며 모두의 기대를 받는 거목이 되고 싶은가?"

잡초도 나름의 존재 이유는 있겠지만, 인생의 목표를 잡초로 정하고 사는 사람은 없다. 그런데 왜 원하는 것을 빠르게 손에 쥐려 하는가? 원하는 그것에 맞는 시간과 노력을 투자할 각오를 하라. 잡초는 어디에나 존재하지만, 거목은 아무 데나 존재하지 않는다. 가장 현명한 답은 가장 순결한 시선에 존재한다.

마음을 열어야 통하는 사람을 만날 수 있다

세상에는 말이 통하는 사람이 있고, 바라보는 관점이 통하는 사람이 있고, 마음이 통하는 사람이 있다. 말도 관점도 모두 소중하지만, 우리는 때로 마음이 통하는 사람이 그립다. 마음이 통하는 사람에게는, 어떤 멋진 말과 근사한 관점도 필요하지 않으니까.

그저 서로를 바라보는 그 순간, 아무 말 없이 나누는 평화로운 대화와 무엇도 바라보지 않고 서로를 응시하는 따뜻한 안도감이 두 사람 사이에 누구도 침범할 수 없는 섬을 만든다. 거기에서 우리는 서로에게 한없이 안긴다. 구름이 허공에 안기듯, 바람이 나무를 안고 사라지듯, 그렇게 세상에서 가장 행복한 모습으로 서로가 서로를 안고 하얗게 사라진다.

이유 없이 안기고 싶을 때가 있는 것처럼, 가끔은 마음이 통하는 사람이 그립다.

나의 직책은 나의 뜻을 실행하기 위한 것이다

자신의 지위를 이용해 불법과 편법을 저지르며 재산을 불리는 사람을 많이 본다. 그런 사람들을 보면, 그들이 지금의 위치에 올라온 이유가 불법을 합법적으로 저지르기 위해서가 아닐까 하는 생각이 든다. 때로는 안타까움을 넘어 참담하기까지 하다.

우리가 이순신 장군을 존경하는 이유는 그의 모든 직책은 자신의 뜻을 실행하기 위한 최소한의 무기였기 때문이다. 아무리 선한 뜻을 가슴에 품고 있어도 그것을 실행할 수 있는 위치에 있지 않으면 무용지물이다. 그에게는 그 자리가 필요했고, 그렇게 얻은 직책을 다른 일에 사용하지 않았다.

하루는 병조판서 유전柳琠과 이런 대화를 나눴다.

"자네 화살통이 참 좋네. 그거 나를 줄 수 없겠나?"

그러자 이순신은 사려 깊은 눈으로 그를 바라보며 이렇게 답했다.

"화살통 하나 드리는 것은 어려운 일이 아닙니다. 다만 제가 걱정하는 것은, 만일 이것 하나 때문에 혹시 지금까지 쌓은 명예가 더럽혀진다면, 제가 너무나 미안할 것 같습니다."

이순신의 깊은 뜻을 헤아린 유전은 자신의 실수를 깨달았다. 지금은 상자에 담아 뇌물과 돈을 비밀스럽게 주지만, 상자가 없던 과거에는 양반들이 즐겨 사용하는 화살통에 각종 뇌물을 넣어 전달했다. 이순신은 그것을 걱정했던 거다. 당시 기분에 혹해서 "그거 하나 드리지 못하겠습니까?"라고 답하며 바로 전달했다면, 혹시라도 그게 다른 사람들 눈에 들어 이순신이 주지도 않은 뇌물을 줬다는 소문이 퍼졌다면, 우리가 아는 이순신이 지금과는 조금 달랐을 수도 있다. 하지만 그는 순간의 유혹을 이겨냈고, 적절한 이유를 들어 거절하기 힘든 요구를 현명하게 넘겼다.

"나의 직책은 나의 뜻을 실행하기 위한 것이다."

관직을 대하는 이런 그의 철학이 그와 병조판서 유전의 명예를 그대로 유지할 수 있게 도왔다.

자신에게 당당하면 꺼릴 것이 없다

이순신이 세상의 불의에 당당하게 대처한 사례는 매우 많다. 하지만 여기에서 그런 역사적 사실을 나열하고 싶지는 않다. 그건 별 의미 없는 일이기 때문이다. 다만 그가 어떻게 그런 선택을 하고 그 어려운 시기를 넘길 수 있었는지, 그 마음의 힘에 대해서 말하고 싶다. 그걸 알아야 우리도 일상에서 배워 실천할 수 있기 때문이다.

자신의 직책을 다른 곳에 사용하지 않는 이순신의 철학은 자신을 매우 힘들게 만들었다. 자신의 직속상관에게도 적용했기 때문이다. 이순신이 훈련원 봉사(종 8품)로 일할 때였다. 하루는 그의 직속상관인 병조정랑(종 5품) 서익 徐益과 이런 대화를 나눴다.

"여보게 이순신, 내 친한 지인이 한 명 있는데 그를 이번에 참군(정 7품)으로 다른 사람들보다 먼저 승진시키면 좋겠네."

그러자 그는 돌처럼 단단한 목소리로 이렇게 응수했다.

"그럴 수는 없습니다. 그가 순리에 맞지 않게 아래에서 갑자기 몇 단계를 뛰어넘어 승진을 하면, 이번에 승진할 순서인 사람이 승진하지 못하게 됩니다. 그건 공평하지 않습니다. 또한 한 사람을 위해 법규를 고칠 수 있는 것도 아닙니다."

한마디로 상관의 청탁을 거절한 것이다. 게다가 "그럼 법규를 고치면 되지 않는가?"라는 말도 할 수 없게 먼저 선수를 쳤다.

보통 사람이라면 부하에게 이런 말을 들으면 반감을 가질 수밖에 없다. "너, 내가 언젠가 복수할 것이다. 이순신, 각오하는 게 좋을 것이야." 게다가 각종 기록을 보면 서익은 인간성이 좋은 사람도 아니었다. 애초에 도덕성이 있는 사람이라면 그런 청탁도 하지 않았을 것이다. 청탁을 한다는 것은 자신이 그런 수준의 사람이라는 사실을 자신의 입으로 증명하는 것이다. 사실 살면서 자신의 원칙을 실천하는 게 어려운 일은 아니다. 문제는 실천 후에 닥칠 고통을 견디기 힘들어 다들 중도에 포기하는 것이다.

서익은 자신의 청탁을 거절한 이순신을 사는 내내 가슴에 품고 지내다 결국 이순신이 발포만호에 재임하던 시기에 검열관으로 내려와, 군기 관리에 소홀했다는 보고를 올려 이순신을 파직시켰다. 그런 복수 정도는 이미 수없이 경험한 이순신은 그의 못된 지시를 오히려 당당한 표정으로 받아들였다.

마음을 치유하는 세 가지 삶의 재료

이순신처럼 삶에서 자신의 철학을 실천하기 위해서는 철학의 내용도 중요하지만, 그것을 실천하고 맞이할 사람들이 주는 고통을 이겨내고 치유할 강력한 마음의 힘이 필요하다. 마음의 상처를 받지 않는 사람은 없다. 이순신도 마찬가지다. 다만 그것을 빠르게 치유하고 벗어나는 사람이 있을 뿐이다. 그는 세 가지 삶의 재료로 아픈 마음을 치유했다.

하나는 '독서'였다. 책을 읽으며 아픈 상처가 사라질 때까지 기다렸다. 아픔은 파도처럼 바다를 스치지만 결국 지나가는 것이라는 이치를 깨닫고 독서에 전념했다. 또 하나는 '욕심을 버리는 것'이었다. 그는 억울한 일로 모든 관직을 잃고 하루아침에 죄인 신세가 되었지만 결코 세상을 원망하지 않았다. 복수를 위해 복직을 희망하거나 권력자에게 아부하지 않았다. 그것이 쓸모없는 행동이라는 사실을 알았기 때문이다. 그는 자신의 아픈 마음을 치유하기 위해 누군가에게 복수하려 하거나 분노를 표출하는 것은 아무런 도움이 되지 않는다는 사실을 알고 있었다. 마지막 하나는 '상황을 주어진 그대로 받아들이는 것'이었다. 이 부분에서 왜 자신의 억울함을 호소하지 않느냐고 오해할 수도 있는데, 당시는 그런 것이 통하는 시대가 아니었다. 그는 상황을 그대로 받아들이며 현명하게 대처했다. 최대한 긍정의 시선으로 바라보며 모든 것이 좋은 방향으로 가려는 신호라고 여겼다.

나를 향해 다가오는 고통을 막으려고만 하면 고통은 망치가 되어 나를 부술 것이다. 하지만 바람이라고 생각하면 고통이 내게 줄 수 있는 것은 오직 스치는 것뿐이다. 이순신의 방법으로 고통을 스치고, 깨끗하게 잊자.

눈과 마음이 닿는 곳까지가 나의 영역이다

날씨를 확인하는 일은 그에게 매우 중요한 루틴이었다. 이유는 간단하다. 병사들의 사기와 마음이 걱정되었기 때문이다. 그의 일기에서는 매우 자주 비가 내리는 상황에서 병사들을 걱정하는 글이 보인다.

비가 그치지 않으니, 지금 싸우는 우리 병사들은 얼마나 괴롭고 힘들까?

병사를 걱정하는 그의 일기가 왜 중요하며 빛나는지 아는가? 이것이 바로 그가 어떤 상황에서도 좋은 것을 바라보고, 주변 사람들에게 희망을 줄 수 있었던 힘의 근원이기 때문이다. 보통의 장군은 같은 상황에서 이렇게 말한다.

"걱정하지 마라. 비가 오면 적들도 힘이 드니까."

물론 맞는 말이다. 하지만 말의 시작이 전혀 다르다. 이순신은 "적에게도 힘든 날씨니까 힘을 내라."가 아닌, "비가 오니 백성이 걱정되는구나."라는 말로 시작하며 적의 고통이 아닌 백성의 고통을 먼저 생각하며 안아주었다. 시작이 백성을 향한 이해이자 사랑이니 과정과 결과가 아름답지 않을 수 없다.

"경쟁사도 피해를 입을 것이다."

"적국도 손해를 피할 수 없을 것이다."

이런 식의 접근은 자국의 국민 혹은 직원에 대한 애정 없이 오직 자신의 개인적 승리만을 생각하는 사람의 관점이다. 물론 승리도 하지 못하고 국민과 직원의 원성만 듣게 된다. 내게 소중한 사람을 먼저 보라. 내 곁, 가까이 있는 사람의 아픈 마음을 먼저 안아주자. 문제를 풀 방법은 사람을 사랑하는 마음 안에 존재한다.

이순신 장군은 매우 급변하는 상황에서 전투에 임했다. 하지만 견디기 힘든 상황은 아니었다. 전투에서 이겨도 벌을 받았고, 이기기 위한 전략을 아무리 세워도 그걸 인정하지 않는 임금과 조정의 질투와 모함 때문에 실현하지 못하고 폐기해야 할 때도 있었다. 만약 보통의 의식을 가진 사람이었다면, 그런 일을 겪을 때마다 포기하고 외딴 곳에서 혼자만 잘 살기 위한 선택을 했을 것이다. 하지만 그는 달랐다. 이 지점이 매우 중요하다. 누구나 선택할 수 없는 길을 선택해야 누구도 걸을 수 없는 길을 걸을 수 있기 때문이다. 최악의 상황에서도 의지를 잃지 않았고, 자신의 길을 당당하게 걸었고, 자신이 필요한 것을 당당하게 요구했다. 그에게는 자신의 믿음을 지키게 한 몇 가지 원칙이 있었다. 그 원칙이 그를 철저하게 타인과 독립할 수 있게 만들었고, 적을 이길 창조적 전략을 세울 수 있게 도왔다.

사물을 잘 이용할 줄 아는 자가 군자다

바로 반복이다. 그는 위대해지기 전부터 평범한 일을 반복했고, 특별히 유명세를 얻으려 하거나 영웅이 되려 하지 않았다. 그저 같은 일을 반복하면서 저절로 특별한 사람이 된 것이다. 여기에서 우리는 그간 갖고 있던 고정관념 하나를 완전히 바꿔야 한다. 같은 일을 반복하는 것을 노력이라고 말하는 사람이 있는데, 그건 노력이 아니라 창의력이 필요한 일이다. 그들은 모두가 하나의 현상에서 눈에 보이는 하나만을 바라볼 때, 그 하나에 녹아 있어 눈에 보이지 않는 수많은 다른 요인을 찾아서 분석한다.

하나만 바라보는 자들이 볼 때 그들은 미련하게 노력하는 사람으로 보이지만, 사실 그는 하나가 아닌 수많은 다른 요인을 바라보는 창조자의 일상을 사는 것이다

성악설을 주장한 중국의 사상가 순자는 이렇게 말했다.

푸른 물감은 쪽에서 얻지만 쪽보다 더 파랗고, 얼음은 물로 이루어졌지만 물보다 더 차다.

사상가의 이론은 그리 중요한 게 아니다. 그가 세상에 존재하는 사물을 다르게 바라본 결과에 불과하기 때문이다. 같은 상황을 자신의 눈으로 바라보며 발견한 무언가를 자신의 논리에 연결해 주장할 수 있어야 한다. 우리가 배워야 할 부분은 그들의 주장이 아니라, 그들의 주장이 나오기까지의 과정과 연결이다. 이에 대해 순자는 이렇게 말한다. 매우 중요한 부분이라 내 방식으로 편집해서 그의 말을 이해하기 쉽게 풀었다. 그의 말을 철저하게 사색하며 나의 것으로 만들어보자.

"생각만 하는 사람의 삶은 스스로 공부하는 삶에 비하면 사소하고, 보이지 않는 것을 보기 위해 발돋움하고 바라보는 일은 실제로 올라가 바라보는 것만 못하다. 높이 올라가 손짓을 한다고 팔이 길어지는 것은 아니지만 아래에서는 만날 수 없는 먼 곳을 바라볼 수 있다. 말을 탄다고 걸음이 빨라지는 것은 아니지만 더 멀리 갈 수 있으며, 배와 노를 이

용하면 수영을 하지 못하는 사람도 물에 젖지 않고 강을 건널 수 있다. 군자는 나면서부터 남과 달랐던 것이 아니라 사물을 잘 이용할 줄 아는 것이다."

뜻은 높은 곳에, 마음은 낮은 곳에 두라

왜적의 배를 모두 다 태우는 행동은 어리석은 선택이다. 조금 남겨두도록 하라.

그는 왜 대승을 거둔 후 이런 말을 했을까? 보통은 승리를 자축하며 상대의 배를 다 태우거나 폐기하는 선택을 하지만 그의 생각은 조금 달랐다. 자신이 공을 세우려면 적의 배를 모두 태우는 게 나음에도, 혹시나 왜적들이 타고 돌아갈 배가 없어 조선 땅에 남아서 선량한 백성들을 괴롭힐까 걱정하는 마음에 일부러 배를 몇 척 남겨두었다. 그의 뜻과 사상이 저 높은 곳에 있어, "어쩌면 이렇듯 숭고한 생각을 할 수 있으며 그것을 실제로 실행할 수 있을까?"라며 절로 경탄하게 된다. 모든 배를 다 태우는 건 뛰어난 장군이라면 쉽게 할 수 있는 선택이지만, 몇 척의 배를 남겨두는 것은 위대한 장군만이 할 수 있는 고도의 의식 수준이 필요한 선택이다.

그의 일기를 자세히 살펴보지 않아도 이런 부분은 쉽게 발견할 수 있다.

마침 필요할 때 적절하게 비가 오니 참 좋다. 농민들이 얼마나 기뻐할까.

 하늘과 맞닿아 있는 그의 삶은 우리에게 이런 지혜를 준다.

"나는 매일 내일의 나와 협상한다."

시작은 언제나 거절이다. 내일의 나는 오늘의 내게 거절하며 말한다.

"넌 내일로 올 자격이 없어. 현실에 좀 더 충실하면 좋겠어."

그렇게 내일의 내가 오늘의 나를 거절하며 일상을 조금 더 제대로 살라고 요청한다. 당당히 내일의 세계로 이동하기 위해서는 오늘 그럴 근거를 만들어야 한다. 그는 매일 백성을 위한 생각을 하고, 자신과 함께하는 병사들과 하나가 되고, 조선의 평화를 위해 노력했다.

그래서 그는 언제나 자신과의 협상은 거절로 시작했다. 처음부터 모든 사항에 적극적으로 합의를 하면 협상할 이유가 없다. 결국 더 나은 결과를 내려면 협상의 시작은 거절이어야 한다. 물론 누구나 그처럼 자신 있게 "NO"라고 말하기는 어렵다. 거절할 용기, 즉 거절할 근거가 필요하기 때문이다.

내가 가장 만나기 힘든 사람은

시대의 지성도, 어떤 삶의 대가도 아닌 내일의 나다.

내일의 나를 만나기 위해, 오늘의 자신을 섬세하게 바라보라.

최고의 정신만이 최고의 임무를 감당할 수 있다

1596년 1월 19일, 그는 의외의 행동을 한다. 그날도 그는 공무를 본 일에 대해 평소처럼 글을 썼지만, 마지막 줄이 평소와 매우 달랐다.

메주를 쒔다.

처음 그날의 일기를 봤을 때 나는 그 시대의 양반과 특권층이 다 그렇듯, 곁에서 그를 보좌하는 사람이나 노비가 메주를 쑨 일을 기록한 거라고 생각했다. 그 정도에서 생각이 멈춰도 충분히 따스한 장면이라고 생각했다. 곁에서 누군가 메주 쑤는 모습을 지켜봤다는 의미니까. 하지만 그게 전부가 아니었다. 다음 날 일기에 그는 이렇게 썼다.

오후 2시쯤에 메주 만드는 일이 끝나서 온돌에 넣었다.

그가 실제로 메주 쑤는 일에 관여했다는 것을 증명한다. 그것도 매우 가깝게. 실제로 그는 전투 준비만큼 농사와 식량 보급을 매우 중요하게 생각했다. 전투를 하는 내내 다음 두 가지 생각을 잊지 않았다.

— 전쟁을 제대로 진행하기 위해서는 무엇보다 군량이 중요하다.
— 전쟁이 백성들의 농사에 지장을 주지 않아야 한다.

076

그가 매일 날씨를 일기에 적은 이유는, 바다에서의 전투 문제 때문이기도 했지만 그 고민의 절반은 농사에 있었다. 더위와 심한 가뭄이 이어지면 누구보다 아파했고, 제때 비가 내려 농사에 좋은 영향을 주는 날이 이어지면 기뻐했다.

이런 그의 생각과 행동을 사소한 일이라고 생각할 수도 있고, 전투에 신경 써야 할 시간에 농사와 백성에게 너무 많은 시간을 허비하는 게 아니냐는 눈으로 바라볼 수도 있다. 하지만 나는 다른 것을 본다. 최고의 임무를 수행할 최고의 정신은 백성이 사는 이 세상 바닥에 존재한다. 백성과 백성을 살릴 농사에 집중하지 않고 어떻게 자신의 임무에 충실했다고 말할 수 있을까?

호수 위에 우아하게 떠 있는 오리는 수면 아래에서 쉬지 않고 발버둥을 친다. 지금 우리가 성웅이라고 부르는 이순신 장군도 그 자리에 오르기까지 수십 년 동안 치열한 세월을 보냈다. 그대는 무엇을 바라보는가? 수면 위에서 우아하게 지나가는 오리, 멋진 옷을 입은 이순신 장군의 현재 모습을 보는가? 모든 현재의 기록은 저마다 다르다. 하지만 내가 분명히 아는 사실이 하나 있다.

"우리가 지금 입을 벌리고 바라보는 놀라운 현재는, 우리가 발견하지 못한 것들로 구성되어 있다."

우리는 우리가 보는 것만 알 수 있다. 다시 말하면 우리가 발견하지 못한 것들의 제어를 받고 산다. 눈에 보이는 현재의 모든 상황은,

눈에 보이지 않는 것들로 가득하다. 이순신 장군에 대해 모두가 다 아는 사실은 사실이 아니다. 그를 성웅 이순신으로 살게 한, 아무도 발견하지 못한 곳을 찾아야 한다. 거기에 그대의 현실을 바꿀 이순신의 정신이 있다.

세상이 상처를 줄 때마다 시를 썼다

그의 삶은 슬픔으로 가득했다. 1597년, 그는 괴롭고 고된 시간을 보낸 후 백의종군의 명을 받고 풀려난다. 하지만 그해 1월 그는 잊을 수 없는 고통을 겪는다. 그토록 사랑하던 어머니가 세상을 떠난 것이다. 그는 장례도 제대로 치르지 못한 못난 자신의 신세를 한탄하며 당시 심정을 이렇게 표현했다.

어머니의 부고를 듣고 뛰쳐나가 가슴을 치고 뛰며 슬퍼하니 하늘의 해도 깜깜하게 느껴졌다. 가슴이 찢어지는 이 슬픔을 글로 모두 적을 수가 없다.

부고를 접한 6일 후에는 이런 글을 남겼다.

일찍 길을 떠나며 어머니 영전에 하직을 고하고 울었다. 이 모진 세상 어딘가에 나처럼 아픈 사정을 지닌 사람이 또 있을까? 나는 이렇게 죽는 것만 못한 삶을 살고 있구나.

마음이 어지러울 때마다 그는 눈을 감고 마음에 기록한 시를 꺼냈다. 그의 정신을 제대로 알기 위해서는 그가 쓴 시를 읽어야 한다. 시는 그 사람의 정신을 그대로 증명하기 때문이다.

그가 지은 시조 '한산도가閑山島歌'를 소개한다. 이 시조는 그가 임진왜란 중에 통영 한산도 제승당에 주둔하면서 지은 것으로, 나라의 평화를 걱정하는 애절한 마음을 담고 있다. 한자 그대로 풀이하는 것은 의미가 없는 것 같아 내가 느끼는 대로 그를 해석해 다시 그의 시조를 이렇게 풀이했다. 그의 마음, 그의 고통, 그의 희망을 느끼길 소망한다.

한산섬의 달 밝은 밤에
성 위 누각에 고독하게 홀로 앉아서
분신처럼 나를 따라온 큰 칼을 옆에 차고
지워지지 않는 깊은 고통에 빠졌을 때,
어디선가 들려오는
한 곡의 잔잔한 피리 소리는
나의 슬픔을 더욱 뜨겁게 한다.

두려운 것은 상대가 아니라 나의 마음이다

"할 게 그것밖에 없었어요."
분야를 막론하고 그 분야의 대가에게 "이 일을 왜 시작하게 되셨나요?"라고 물으면 가장 많이 나오는 답이다. 사실 엄청난 이유를 기대한 사람에게는 맥이 풀릴 수 있는 말이지만, 정말 그게 맞기도 하다. 그들은 세상 사람들에게 다시 이렇게 조언한다.

"좋아하는 일을 하세요."

정리해보자. 자신은 할 게 그것밖에 없어서 그 일을 시작했으면서, 왜 사람들에게는 좋아하는 일을 하라는 걸까? 그들의 허영이나 자만일까? 전혀 그렇지 않다. 사람은 누구나 현재를 생각한다. 그들은 지금 자신의 일을 무엇보다 즐겁게 한다. 마치 세상에서 가장 즐거운 놀이를 하는 것처럼 자기 일을 즐기기 때문에 따로 취미가 필요 없을 정도다.

자, 그럼 문제가 해결되었다. 처음부터 즐거운 일은 없다. 처음에는 그들처럼 어떤 일이든 선택해서 하는 것이다. 다만 이후의 마음이 중요하다. 그들의 표현처럼 "할 게 그것밖에 없지만, 이걸로 끝을 보겠다."는 의지로 해야 한다. 그러면 그 세월이 그 사람에게 재능을 주고 기술을 준다. 그렇게 그는 그 분야의 대가가 되고, 비로소 즐기며 할 수 있게 된다. 세상에 누가 처음부터 자기 일을 즐기며 할 수 있나? 그건 대가들이 자기 현재를 착각하며 하는 말에 불과하다. 돌아보면 누구나 서툴고 힘든 나날을 보냈다. 즐거워서 견디는 게 아니라, 즐겁게 할 능력을 가지기 위해 견디는 거다.

그 분야의 유일한 사람이 되겠다고 다짐하라.

그리고 그 말을 일상에서 실천으로 증명하라.

실천한 세월이 그대의 일을 즐겁게 만들 것이다.

월요일이 즐겁고 금요일 밤이 아쉬운,

주말도 없이 자기 일만 생각해도 웃음이 나는,

일이 즐거워서 가족도 주변도 모두 소중해지는,

그런 기적의 하루가 시작될 것이다.

그 사람을 알고 싶으면
혀의 윗부분이 아닌 바닥을 보라

1593년 6월 10일, 그날도 이순신은 적을 생각하며 작전을 세웠다. 그때 척후병이 달려와 긴급한 소식을 전했다.

> 여수 웅천에 있던 적선 4척이 본토로 돌아갔고, 김해 바다 어귀에 있던 적선 150척 중 19척도 본토로 돌아갔고, 나머지 131척은 지금 부산을 향해 가고 있습니다.

적이 물러가고 있다는 소식이었다. 척후병의 목소리는 기쁜 마음에 떨렸다. 무려 131척의 배를 공격해 괴멸할 수 있는 상황이었기 때문이다. 하지만 이순신은 움직이지 않았다. 후퇴하는 적을 공격해 공을 세울 기회였지만, 깊은 사색에 잠겼다.

새벽 2시, 경상수사 원균으로부터 이런 공문이 왔다.

내일 새벽에 진군해서 전투를 합시다.

이순신은 공을 올리고 싶은 원균의 마음에서 모든 것을 가지려는 엇나간 욕망을 느꼈다. 그래서 바로 답하지 않고 기다렸다. 다음 날 아침 마침내 그는 왜적을 토벌할 일에 대한 공문을 보냈다. 하지만 원균은 술에 취해 정신이 없다는 핑계로 답하지 않았다. 그새 마음을 바꾼 것이다.

여기에서 나는 누가 현명하고 누가 지혜롭지 않게 살고 있다는 말을 하려는 것이 아니다. 그런 역사적 사실은 학자들이 충분히 증명해줄 것이다. 우리가 발견해야 할 것은 말의 힘이다. 몇 시간 사이에 마음이 바뀐 원균의 사례를 보며, 우리는 새벽에 진군하자고 말한 원균의 의지가 그리 강하지 않았음을 발견할 수 있다. 그 의지가 진실했다면 술에 취하지 않았을 것이며, 그런 핑계로 답하지 않는 행동도 하지 않았을 것이기 때문이다. 만약 그의 제안을 받고 이순신이 섣불리 새벽 공격을 시도했다면, 욕망만 있고 의지는 없는 원균이 전쟁에 별 도움이 되지 않아 좋은 결과를 내긴 힘들었을 것이다.

말은 평면이 아니다. 우리가 볼 수 있는 부분은 우리가 볼 수 없는 부분의 의지로 만들어졌다는 사실을 알아야 한다. 누군가에 대해서 알고 싶다면 그가 내뱉은 말의 표면이 아닌 바닥을 봐야 한다.

나쁜 것을 나쁘다고 말할 필요는 없다

이순신은 억울한 일이 생길 때마다 누구보다 차분하게 그 상황을 넘겼다. 문제는 자신의 감정을 조절하는 능력이다. 그가 이처럼 억울한 상황에서도 분노하지 않을 수 있었던 것은, 다른 누구에게도 책임을 돌리지 않았기 때문이다.

'저 사람 때문에 내가 괜히 욕을 먹었어.'

'내가 이런 대우를 받을 사람이 아닌데, 저 사람 때문에 이게 무슨 일이야.'

이런 방식의 대응은 자신에게 좋지 않다. 그가 모함으로 감옥에 갇혔을 때, 다른 수군 장수들은 이런 고민에 잠겼다.

'혹시나 고문을 받다가 내게 책임을 돌리면 어쩌지?'

지금처럼 범죄를 체계적으로 분석할 수 있는 시기가 아니었기 때문에 당시에는 죄가 없어도 억울하게 감옥에 갇히는 일이 많았다. 게다가 이순신 장군은 모함으로 고문을 받고 있었기에 긴장한 사람이 더욱 많았다. 너무 힘들거나 기분이 나쁘다는 이유로 아무 말이나 내뱉을 수도 있기 때문이다. 하지만 그는 자신의 사건에 대해서만 이야기할 뿐 다른 사람을 끌어들이지 않았다. 나쁜 것을 나쁘다고 말할 필요가 없는 이유는, 굳이 말하지 않아도 이미 세상 모두가 알고 있는 내용이기 때문이다. 굳이 그것을 말해 자신의 마음을 아프게 할 필요는 없다.

고통은 허상이라는 사실을 알아야 한다. 모든 감정에는 영혼이 없기 때문이다. 상황 그 자체가 짜증나는 게 아니라, 그 상황에 놓인 내가 짜증을 느끼는 거다. '사랑'이라는 단어를 발음하며 사랑을 느낄 수 없는 것처럼, '고통'이라는 단어는 스스로 자신의 감정을 전할 수 없다. 물론 인간은 감정의 영향에서 완전히 벗어나기는 힘들다.

"나는 고통에서 벗어나는 게 왜 이렇게 어려울까?"

이순신 장군이 누군가의 이런 고민을 들었다면 이렇게 조언했을 것이다.

"그래서 나는 나쁜 감정이 생길 때마다 그것을 상상 속에서 과일로 만들어 동물을 불러내서 먹이로 준다. 비난하고 싶은 감정은 바나나로 만들어 원숭이 앞에, 질투하는 감정은 수박으로 만들어 코끼리 앞에 둔다."

우리의 삶을 망치는 나쁜 감정은 지금도 우리 안에 침투하기 위해 틈을 노리고 있다. 모든 나쁜 감정은 손이 없다. 그 문을 여는 건 언제나 인간이라는 사실을 알아야 한다. 받아들이지 말고 내보내자. 우리는 좋은 감정을 선택할 수 있다.

그 사람의 말이 그 사람의 인생이다

"내가 얼마나 입이 무거운 사람인데."

스스로 입이 무겁다고 말하는 것은 무엇을 의미할까?

"나는 가능하면 잘 참고 넘기는 성격이야."

스스로 자신의 자제력을 논하는 것은 무엇을 의미할까?

그가 진실로 입이 무겁고 자제력이 대단하다는 의미일까? 나는 오히려 그 반대라고 생각한다. 그가 스스로 입이 무겁다고 생각하는 이유는, 사실을 말하고 싶어 간지러운 입을 열 상황이 매우 많았다는 사실을 증명하며, 잘 참고 넘긴다는 말은 보통은 참을 정도로 생각하지도 않는 사소한 부분도 그냥 넘기지 못하고 오히려 그것을 참을 대상으로 봤다는 증거이기 때문이다. 그래서 우리에게는 변하지 않는 진리가 하나 있다.

"진실로 그것을 추구하는 자는, 그것을 추구한다고 말하지 않는다."

생각해보라. 이순신 장군이 자기 입으로 "나는 정의로운 사람이다."라고 말한 적이 있나?

말은 너무나 쉽고 실천은 너무나 어렵다. 그리고 세상의 위대한 것들은 어려운 것들로 가득하다.

참을성이 100점이라는 말은 상황을 쉽게 넘기는 능력이 0점이라는 것이고, 입이 누구보다 무겁다는 말은 누구보다 말을 하고 싶어 입이 간지럽다는 것이다. 말은 곧 그 사람이다. 그러나 때로는 보이지 않는 곳에 증거가 있다. 진실을 알고 싶다면, 혀의 윗부분이 아닌 바닥을 보라.

세상이 생각할 때 전혀 말이 안 되는 선택을,

내가 너무나 쉽게 할 때마다 이런 질문을 받았지.

"거긴 왜 가는 거죠?"

말만 많은 것을 좋아하지 않는 나는,

언제나 내 생각을 한 줄로 표현하곤 했지.

"거기가 보이지 않아서 갑니다."

눈에 보이는 세상은 가고 싶지 않았다.

이미 수많은 사람이 그리로 갔고, 가고 있으니까.

눈에 보이지 않는 곳을 찾아,

지금은 길이 아닌 곳을 걸어가며,

나는 '사색'이라는 소중한 보물을 발견했다.

보물은 내게 다시 한 줄의 선물을 줬다.

"그렇게 생각하면 그렇고,

이렇게 생각하면 이렇다."

그렇게 생각하는 사람을 이렇게,

이렇게 생각하는 사람을 저렇게,

의심하며 바꾸려는 시도는 지혜롭지 않다.

다만 '이렇게'와 '저렇게'를 오가는 내가 되어 살자.

그리고 가자. 거기가 보이지 않으니까.

3장　　사색, 변화의 흐름 안에서 나를 바라보는 힘

사색가의 마음 다루기 수업

"내가 해봐서 아는데."

"부정적으로 들릴 수 있지만."

"그게 다 좋은 것은 아닌데."

최근 유행처럼 번지는 흐름이 하나 있다. 온갖 포스팅이나 기사를 보면, 댓글로 자주 보이는 것들이 대개 부정적인 부분만 크게 부각한다는 것이다. 위에 나열한 것들이 대표적인 표현들이다. 글을 쓴 사람이 아무리 행복하다고 말해도 "그건 행복이 아니다.", "시간 지나면 후회한다."라는 글로 타인의 행복을 재단하고, 마음에 들지 않으면 그냥 지나치면 되는데 꼭 읽기에 불편한 못된 글을 쓰고 간다. 왜 그럴까? 자신에게 전혀 도움이 되지 않는 것은 물론 오히려 소중한 시간과 감정을 낭비하는 일인데, 왜 그런 악순환이 반복되고 있는 걸까?

　　마음 다루는 방법을 제대로 모르기 때문이다. 너무 많은 것이 마음을 괴롭혀 어딘가에 표현해서 내려두고 싶은데, 무슨 방법으로 어디에 놓아야 할지 모르기 때문에 쉽게 접근할 수 있고 익명이 보장된 곳에서 자꾸만 못된 마음을 글로 남기게 된다. 사실 우리가 살면서 기분 나쁜 감정을 갖게 되는 이유는 대개 타인의 잘못일 때가 많다. 세상에는 자신이 받은 스트레스를 전혀 상관없는 남에게 푸는 사람이 많으니, 일단 만나는 사람을 조심하고, 이후에는 그런 감정에 흔들리지 않도록 자신을 강하게 만들어야 한다.

　　이순신은 거대한 두 적과 싸워야만 했다. 하나는 일본의 수군이고, 또 하나는 안타깝게도 조선의 임금이었다. 당시 선조는 정사를 돌보지 않았고, 오히려 이순신에게 공물을 요구했다. 나라의 평화와 백성의 행복만 생각하며 생명을 걸고 전장에 나가던 이순신 장군의 마음이 얼마나 아팠을까? 그의 마음을 아는 나조차 상상할 수 없을 정도의 고통이 밀려온다. 전쟁을 하기 위해 전략을 세우며 훈련도 해야 했지만, 조정에 공물을 바치기 위해 식량을 생산하고 바다에서 물고기를 잡아야만 했다. 농사와 낚시를 하며 전쟁도 해야 했던 것이다. 그 어리석은 세상 속에서 중심을 잡고 걸어간 이순신의 마음에 접속해보자.

마음을 흔드는 큰 흐름을 주시하라

하지만 그는 상황을 탓하지 않았다. 전쟁을 하기 위해 필요한 부분이라면 포기하지 않고 해내려고 했다. 사색가는 목표를 정하면 중간에 포기하지 않는다. 그게 사색가의 마음을 다루는 기술이다. 될 이유를 찾아 그것을 섬세하게 실천하며 완벽하게 이루어낸다. 그의 삶을 살펴보면 다섯 가지 원칙의 힘으로 평생 흔들리지 않고 살았다는 것을 알 수 있다. 간단하게 정리하면 이렇다.

1. 옳지 않은 일에는 움직이지 않았다.

   아무리 대단한 사람이라도 반드시 그를 싫어하는 사람이 있기 마련이다. 하지만 놀랍게도 그에게는 그런 사람이 없다. 옳지 않은 일에는 움직이지 않았던 그의 삶이 후세에게 존경의 마음을 불러일으키는 것이다. 오죽하면 적인 일본의 장수와 교수까지도 그를 존경해 연구하고 있을 지경이다. 옳은 일만 생각하고 실천하는 사람은 말이 통하지 않아도 느낌으로 알 수 있다. 그런 삶을 살고 있는 사람의 일상은 다르기 때문이다.

2. 힘을 어디에 써야 하는지 알고 있다.

   수차례 언급했지만, 그는 자신의 신분이나 관직을 내세워 타인에게 피해를 주지 않았다. 그에게 주어진 관직과 칼을 오직 적과의 전투에만 사용했다. 힘을 기르는 건 쉬운 일이다. 힘들고 어려운 것은 그 힘을 어디에 써야 하는지 아는 것이며, 상황에 맞게 적절히 조절하는 것이다.

3. 도저히 속일 수 없는 사람으로 살았다.

세상에는 속일 수 있는 사람이 있고, 도저히 속일 수 없는 사람이 있다. 하지만 이순신은 속일 생각조차 하지 못할 정도로 무게감이 있는 사람이었다. 불의를 그냥 넘기지 못하고, 원칙을 철저하게 지키는 삶을 살면 저절로 그 사람에게 범접할 수 없는 카리스마가 생긴다. 카리스마는 거대한 힘이 아니라, 원칙을 지키며 산 세월이 주는 선물이다.

4. 생명이 추구해야 할 목적을 알고 있었다.

"그는 고독했던 사람이다."

그가 죽은 후 유성룡은 매일 그의 무덤을 찾아가 이렇게 말했다. 고독은 무엇을 의미하는 걸까? 모든 생명은 자신이 추구해야 할 목적을 발견할 때 고독에 잠긴다. 그 방법과 길을 찾기 때문이다. 자신의 길을 찾아라. 그게 생명을 지닌 인간만이 할 수 있는 위대한 선택이다.

5. 욕망을 버리면 그 자리에 명예가 찾아온다.

그가 전투 중에 죽었다는 소식을 들은 백성 중 울며 슬퍼하지 않은 사람이 없었다. 욕망을 버리면 대중의 마음을 얻는다. 생전에 그는 사치를 부리지 않았고 재산이 거의 없었다. 가난한 백성을 만날 때마다 자신의 돈과 물건을 아낌없이 전했기 때문이다. 자신을 위해 돈을 쓰지 않았지만, 그 모든 것은 결국 돈보다 빛나는 존경이라는 가치가 되어 그에게 돌아왔다.

고독할 수 있어야 함께할 수 있다

사색가는 늘 자신을 고독 안에 둔다. 그래야 홀로 존재하며 강한 자신을 만들 수 있기 때문이다. 스티브 잡스도 고독을 사랑한 위대한 창조자였다. 그래서 그가 자신의 자식에게 권하지 않은 물건이 하나 있다. 아이 패드를 모든 사람이 사용할 수 있게 만들겠다고 외쳤던 그가 자식들에게는 아이 패드를 사용하지 못하게 한 것이다. 이유는 간단하다. 고독의 즐거움과 생산성을 느낄 수 없기 때문이다.

이순신은 자의 혹은 타의로 혼자만의 시간을 자주 보냈다. 모함을 받아 온갖 고초를 당한 시간도 그에게는 빛이었다. 자신을 사용할 수 있는 사람은 어디에서 무엇을 하든 그 시간을 가장 아름답게 보낸다. 나폴레옹도 마찬가지다. 혼자 있는 시간도 매우 자주 보내야 했지만 그 시간을 누구보다 즐겼다. 생사를 다투는 전쟁터에서 그는 괴테의 『젊은 베르테르의 슬픔』을 읽으며 철저히 혼자만의 시간을 즐겼다. 이순신도 마찬가지다. 독서를 멈추지 않았고, 잠을 이루지 못한 채 사색에 잠겨 허공에서 온갖 것의 답을 찾았다. 그들이 혼자 머문 장소와 시간은 서로 다르지만, 혼자만의 시간을 보낸 다음에는 전혀 다른 사람이 되었다는 사실은 같다. 나폴레옹은 종종 긴 사색 끝에 그날의 전술을 결정하기도 했는데, 상상 속에서 모의 전쟁을 치르며 승리를 창조했다. 이순신도 그랬다. 지는 전투에서 이기는 방법을 찾아내는 게 아니라, 이길 수 있는 전투로 시작해 완벽하게 승리했다. 그들이 고독에 잠기는 이유는 '혼자 있고 싶어서'가 아니다. 수많은 병사와 함께 존재하며 전쟁을 승리로 이끌기 위해 철저히 혼자만의 시간을 보낸 것이다.

힘을 써야 할 곳에, 먼저 생각을 써라

"승자는 이길 수 있는 상황에서만 싸운다."

누구나 아는 말이다. 다만 실천이 어려울 뿐이다. 이유는 이길 상황을 만들 힘이 없기 때문이다. 이순신은 전략과 전투에서 주변의 어느 누가 공격을 재촉해도 자신이 판단하기에 이길 수 있는 형세가 아니면 비난을 받더라도 싸우지 않았다. 힘을 쓰기 전에 깊은 생각을 먼저 한 것이다. 임금인 선조가 출전을 명령할지라도 그 근거가 되는 정보가 정확하지 않으면 출전하지 않았다. 자신의 직감을 믿고 그런 선택을 한 건 아니다. 그는 항상 정찰병을 보내 적에 대한 정보를 수집하고, 주변에서 전해오는 소식과 백성들이 전해오는 소식에도 귀를 기울였다. 이런 정보력을 바탕으로 항상 이길 수 있는 전투를 하기 위한 유리한 형세를 만들었다.

명량해전도 마찬가지다. 전투의 형세는 그에게 매우 불리했다. 왜적의 배 133척과 아군의 배 13척이라는 규모의 차이가 불리한 형세의 전부는 아니었다. 그로 인해서 병사들이 겪게 될 '우리가 지는 싸움이다.'라는 막연한 두려움이 더욱 큰 문제였다. 그는 아군의 기세가 꺾이지 않을 확실히 이길 방법을 찾아야만 했다.

그는 다음 두 가지 사항에 집중했다.

— 명량해협의 울돌목은 수심이 얕고 폭이 좁다.
— 물살이 매우 빨라 20리 밖에서도 물 흐르는 소리가 들린다.

그는 불리한 지형적 조건을 유리하게 활용해 아군의 열 배가 넘는 적선을 상대했다. 당시 급박했던 전투 상황이 『난중일기』에 자세히 기록되어 있다.

내가 탄 배가 포위되자 병사들이 겁을 먹었다. 나는 바로 이렇게 외쳤다. 적의 배가 1천 척일지라도 감히 우리 배에는 곧바로 달려들지 못할 것이니, 조금도 동요하지 말고 있는 힘껏 적을 쏘아라.

그가 불리한 상황에서 부하들에게 강력한 소리로 전진하라는 외침을 전할 수 있었던 이유는, 앞서 언급한 것처럼 명량해협의 특성상 쉽게 접근할 수 없을 거라는 예상을 했기 때문이다. 힘을 써야 할 곳에 먼저 생각을 쓴 자는 쉽게 승리한다. 이미 머리에 승리의 그림을 그려두었기 때문이다.

패배를 모르는 바다의 시인

우리가 아는 이순신 장군에 대한 정보는 극히 적다. 알려진 부분보다 모르는 부분이 더 많은 이유는 무엇일까? 생각의 수준을 끌어올리지 못했기 때문이다. 평범한 눈으로 그를 바라보면 보이는 것만 보인다. 바라보는 시선의 격을 몇 단계 끌어올릴 필요가 있다. 함대의 수가 몇 배나 많고 경제적으로도 풍요로운 일본을 물리칠 수 있었던 힘과 전략, 그리고 백성을 사랑하는 위대한 정신을 제대로 파악하기 위해서는 최대한 그의 시선에 가까이 다가가야 한다.

이순신 장군은 불패의 신화적 인물이다. 앞에서도 언급했지만, 혹자는 그의 백성을 사랑하는 마음과 불굴의 의지를 승리의 힘이라고 말하지만, 아무리 백성을 사랑하고 의지를 다져도 그것들이 전투를 승리로 이끌 결정적 힘은 될 수 없다. 결정적인 힘은 바로 그가 남긴 말에 녹아 있다. 그가 시처럼 썼으니, 그대도 시처럼 읽어보라.

다가오는 두려움을 피하지 않고,

찬찬히 섬세하게 들여다볼 수 있다면,
어떤 거친 흐름 앞에서도 당당할 수 있다.

바깥에서 그를 바라보면 나라를 생각하는 마음과 백성을 사랑하는 마음이 그의 최고 경쟁력이라고 생각되지만, 안에서 그를 관찰하면 세상을 찬찬히 그리고 섬세하게 관찰하며 흐름을 자기 안에 가둘 수 있는 능력이 그의 경쟁력이라는 것을 깨닫게 된다. 바로 시인의 눈과 마음이다. 『사색이 자본이다』라는 책에서 수없이 강조했지만, 1천 개의 눈과 심장으로 세상을 바라보는 시인의 능력을 가진 사람은 어떤 상황에서도 문제를 해결하며 멈추지 않고 성장할 수 있다. 이순신이 바로 그런 삶을 살았다.

힘이 이끄는 생각이 아닌,
생각이 이끄는 힘이 필요하다

그는 죽음을 각오하고 일상을 관찰한 사람이다. 화살이 바로 앞에 쏟아지는 속에서도 자신을 스치는 화살촉을 섬세하게 바라본 사람이다. 그 이유는 간단하다. 적의 방법 안에 적을 이길 방법이 있기 때문이다. 그는 화살을 든 장군이 아닌 생각하는 지성인이었다. 그러므로 어떤 모함과 시기에도 자신의 마음을 지킬 수 있었다. 당당했기 때문이다.
가진 게 힘뿐인 사람은 모든 일을 힘으로 해결한다. 당연히 많은 일이 실패로 끝난다. 힘은 무게의 역할을 할 뿐 방향을 결정할 능력이 없기 때문이다.

이순신 장군은 오늘도 방황하는 그대에게 외친다.

"힘을 써야 할 곳에, 먼저 생각을 써라."

힘을 기르지 말고 먼저 생각을 길러라. 어떤 불리한 상황에서도 승리할 비결은 힘과 생각의 조화에 있다. 다만 순서를 제대로 지켜야 한다. 생각이 먼저고, 힘은 자연스럽게 따라오는 것이다. 올바른 방향이, 확실한 전략이 서면, 힘은 자연스럽게 넘치기 때문이다.

"힘이 이끄는 생각이 아닌, 생각이 이끄는 힘이 필요하다."

흔들리는 마음의 중심을 잡아야 사색이 바로 선다

그의 마지막 전투를 나의 시선으로 이렇게 재구성했다. 백성을 사랑하는 그의 마음과 미치도록 고독했던 그의 고뇌를 느끼며 읽으면, 글에서 조금 더 다양한 영감을 발견할 수 있을 것이다.

"오전 10시 즈음 이순신은 총에 맞아 전사했다. 조선의 수군은 일제히 파도처럼 흔들렸다. 그러나 그의 마지막 명령에 따라 죽음을 발설하지 않았다. 그의 전속 부관은 적탄에 맞아 기절했지만 다시 일어나 맹렬하게 수군을 진두지휘하며 아군의 기세를 꺾지 않았다. 2시간의 치열한 전투는 아군의 큰 승리로 끝났다. 왜적을 물리치며 적선 200여 척을 불태웠다. 왜적은 타 죽거나 물에 빠져 죽었다. 투항하거나 살아남은 왜적들은 포로로 잡히거나 대부분 전사했다."

기적과도 같은 전투였다. 적당한 자세로 싸웠다면 그는 죽지 않을 수도 있었다. 도망가는 적선을 한 척도 돌려보내지 않으려는 마음에 앞장서서 달아나는 적의 뒤를 추격하다 총에 맞았기 때문이다. 하지만 그렇다고 정말로 적당히 싸웠다면 우리가 아는 이순신 장군은 지금과 많이 달랐을 것이다.

그는 무엇을 하든 적당히 하지 않았다. 그래서 언제나 풀어야 할 문제를 쌓아두고 살았다. 그를 시기하는 조정의 관료와 그를 죽이려는 왜적 등, 모든 풀어야 할 문제를 생각하며 일상을 보냈다. 사색이 늘 좋은 결과를 보여준 것은 아니었다. 아무리 사색을 반복해도 결과가 신통치 않을 때가 있었고, 그럴 때마다 그는 모든 사색을 멈추고 만 갈래로 갈린 사색의 줄기를 막고 활을 잡았다. 연습을 위해 활을 쏘기도 했지만, 그는 거의 매일 5순(25발)에서 10순(50발) 정도의 활을 쏘며 어지러운 마음의 중심을 잡았다.

이순신은 자신이 세상에서 가장 불행하며 힘든 일을 자주 겪는 사람이라고 생각했다. 그는 타고난 성웅이나 위대한 장군이 아니었다. 자주 몸이 아파서 고생해야만 했고, 주변 사람들에 대한 강한 라이벌 의식에 시달린, 특별할 것 없는 매우 평범한 인간이었다. 하지만 그를 특별하게 만든 요인이 있다. 바로 깊은 고독을 통해 발견한 사색의 기술이다.

이 능력은 선천적인 것이 아닌 후천적인 것으로, 그처럼 평범한 나날을 사는 우리도 충분히 따라 할 수 있다.

오직 지금 풀어야 할 문제에만 집중하라

그가 하루는 이런 꿈을 꿨다.

— 국가가 위험에 처한 지금 중요한 자리에 있으면서 어찌 보답할 마음을 가지지 않을 수가 있나?
— 관사에는 들어가지 않고 여자를 만나거나 아무 곳에나 거처하며 유흥을 즐기는 자가 있을 수 있나?
— 백성에게 세금을 독촉하기에 바쁘니 이게 대체 무슨 이치인가?

그는 언제나 일상에서 치열하게 사색하는 문제를 꿈에서 만났다. 또 하루는 평소 알고 지낸 영의정을 꿈에서 만나 대화를 나눴다. 두 사람은 의관을 모두 벗고 편안하게 앉았다. 대화의 시작과 끝은 나라 걱정이었다. 오랜 시간 대화를 이어갔지만 그들이 나눈 대화의 중심에는 이런 질문이 있었다.

"만일 서쪽에 있는 적이 빠르게 이동해서 침입하고 동시에 남쪽의 적까지 온다면, 임금은 대체 어디로 가야 하는가?"

두 사람은 그 고민으로 꿈에서 밤을 꼬박 지새웠다.

비가 올 것처럼 날씨가 흐리다.

세상을 떠난 어머니를 생각하며,

혼자 배 위에 앉아 눈물을 흘렸다.

나처럼 외로운 사람이 세상에 또 있을까?

『난중일기』를 관통하는 글이다.

섬세한 그는,

매일 같은 일상을 반복했고,

지켜야 할 원칙을 반드시 지켰고,

적보다 무서운 자신과의 싸움을 지속했다.

사랑이 가득한 그는,

자신의 아픔은 말하지 않았지만

백성의 슬픔에 누구보다 슬퍼했고,

자신의 어려움은 감췄지만

나라의 어려움에 눈물을 흘렸다.

세상의 시선으로 바라보면 승리가 불가능한 전투에서 그가 매번 승리할 수 있었던 이유는 자신의 시선으로 바라보았기 때문이며 그 안에는 전쟁의 심연을 들여다보며 보낸 치열한 사색의 나날이 녹아 있다.

너무나 큰 고통이 자신을 찾아오면,

혼자 배에 앉아 불안한 마음을 가라앉히던 사람.

달과 별은 그 사연을 알고 있겠지.

그가 쏜 고독한 화살을.

파도는 하루에 수백 번 방향을 바꾼다

이런 이야기를 하는 여성을 만난 적이 있다.

"누가 보고 비웃을 것 같아서 수영은 하지 않으려고요."

그녀의 표정은 매우 불안했다. 평온과는 거리가 먼 상태였다. 그녀가 수치심을 느끼는 이유는 뭘까? 왜 그녀는 자신이 잘 알지도 못하는 사람들에게서 그들의 시선을 피해야 할 수많은 이유와 나쁜 감정을 찾아내는 걸까?

이미 우리는 잘 알고 있다. 사람들은 내 생각처럼 나를 의식하지 않으며 신경도 쓰지 않는다는 사실을. 하지만 '혹시 그래도 모르는 거잖아.'라는 의심이 고개를 들며 자꾸만 자신을 수치심의 바다에 빠지게 한다. 왜 자신을 자꾸만 죽이려고 하는가? 바다에 빠져야 할 대상은 타인을 의식하며 스스로를 아프게 하는 불안한 마음이다.

사람들이 분노하는 이유는 자신을 바라보는 사람들도 자신처럼 분노하게 만들고 싶은 욕구가 내재되어 있기 때문이다. 다들 세상을 비난하고, 같은 상황에 수치심을 느끼게 만들고 싶어서 어리석게도 그런 선택을 한다.

파도가 하루에 수백 번 방향을 바꾸는 것처럼 우리의 마음도 그러하다. 모든 것을 다 할 수 있을 것만 같지만, 이내 실망하여 모든 자신감을 잃게 된다. 전쟁에 승리하겠다며 자신감 넘치는 표정으로 "내게

103

는 아직 12척의 배가 남아 있다."라고 말했지만, 그도 마음이 불안했을 것이다. 그게 아니면 왜 매일 잠을 이루지 못하며 그렇게 자신의 몸과 마음을 괴롭혔을까? 하지만 그는 돌아선 마음의 파도를 다시 자신에게 돌렸다. 그래서 그에게는 수치심이 머물 시간이 없었다. 적을 생각하지 않고, 비난에 자신을 허락하지 않고, 존재하는 것에서 가능성을 찾았기 때문이다.

내게 없는 것은 나를 수치스럽게 만들지만, 내게 있는 것을 바라보면 자신감을 얻을 수 있다.

좋은 마음으로 시작한 사색은
반드시 지혜로운 답을 알려준다

7년 왜란의 마지막 해인 1598년 봄, 최후의 결전을 준비한 이순신 장군에게 8천 명이 넘는 병사가 모여들었다. 행색은 더럽고 초라했지만 그를 바라보는 병사들의 마음엔 뜨거운 열정이 가득했다. 문제는 군량이 부족하다는 점이었다. 그는 눈을 감고 사색에 잠겼다.

'전쟁을 하려면 힘이 있어야 하는데, 이들을 어찌 먹여 살릴 수 있을까?'

그는 매우 긴 사색의 끝에 가장 좋은 답을 찾았다.

'그래, 해로통행첩이다.'

그는 마침내 지금의 선박운행증이라고 할 수 있는 해로통행첩

104

에서 답을 찾았다. 3도 연안 지방을 통행하는 모든 배 가운데 통행첩이 없는 배는 간첩선으로 간주하고 통행을 금지한 것이다. 이순신의 사색은 이런 과정으로 이루어졌다.

— 피란을 떠나는 배는 모두 양식을 싣고 다닌다.

— 충분한 양이기 때문에 어느 정도의 쌀을 바치는 건 어렵지 않다.

— 오히려 걱정하지 않고 안전하게 바다를 건널 수 있으니 그들도 이득이다.

— 배의 크기에 따라 쌀을 다르게 받자. 큰 배는 세 석, 중간 배는 두 석, 작은 배는 한 석.

— 그러자 모든 백성이 통행첩을 발급하기 위해 찾아왔고, 10일 만에 1만여 석의 군량을 얻을 수 있었다.

왜군의 눈을 피해 피란을 떠나는 백성에게도, 군량이 필요한 나라에도 도움이 될 방법을 찾아낸 것이다. 만약 그가 자신의 안위만 생각하거나 백성만 생각했다면 이렇게 지혜로운 답을 찾지 못했을 것이다.

사소한 일상이 모여 위대한 사색이 완성된다

이순신의 일기를 읽으면 이런 방식의 섬세한 표현을 자주 발견할 수 있다.

닭이 세 번 울었을 때, 방을 나섰다.

지금 닭이 몇 번 울고 있는지 아는 사람인 그는 뛰어난 장군이지만, 동시에 위대한 사색가였다. 하루는 '백성을 향한 그의 애민 정신은 어디에서 오는 걸까?'라는 생각을 한 적이 있는데, 고독한 상태에서 늘 주변을 관찰하고 분석했던 그의 삶은 내게 답했다.

"닭이 새벽에 몇 번 울었는지 아는 사람이, 그리하여 풀이 바람에 몇 번 고개를 숙이는지 아는 사람이, 고개를 들 수 없는 백성의 아픔을 짐작할 수 있다."

"더 깊은 사색이 더 좋은 결과를 만든다."

전쟁 중에 선조가 "적이 숨어 있다는 소식이 있는데, 왜 싸우지 않느냐?"라며 이순신에게 싸움을 독촉한 적이 있다. 하지만 그는 지금은 때가 아니라고 생각했다. 적이 어두운 소굴에 웅크리고 있기 때문에 섣불리 출격했다가는 오히려 역공을 당할 수 있다고 생각했다. 결국 그의 생각이 옳았다. 물론 이런 지혜로운 선택은 그냥 나온 것이 아니다. 그는 매일 초저녁에 불을 밝히고 앉아 사색에 잠겼다. 저녁에 그가 잠들지 못하고 홀로 앉아 있는 것을 본 수많은 부하 장수가 그의 방을 찾아와 방법을 논했지만, 그들은 대개 자정이 되면 돌아갔다. 하지만 이순신은 닭이 울 때까지 잠을 이루지 못했다. 더 많은 시간을 투자해야 더 좋은 결과를 만들 수 있다고 생각했기 때문이다.

나는 어떤 감정에도 흔들리지 않는다

'저 사람이 안 좋은 소문내고 다니면 어쩌지?'

어떤 일을 계기로 관계가 악화되어 나를 미워하는 사람을 보면 이런 생각을 하게 된다. 걱정은 그때부터 우리를 괴롭힌다.

'저 사람을 달래야 하나?'

'사람들에게 나는 그런 사람이 아니라고 미리 말할까?'

수많은 고민은 우리를 잠들지 못하게 한다. 하지만 나는 근사한 사실을 하나 알고 있다.

"나를 좋아하는 사람 몇 명은 내 삶을 아름답게 바꿀 수 있지만, 나를 미워하는 사람 몇 명은 절대로 내 삶에 영향을 줄 수 없다."

좋은 마음은 끝없이 멀리 퍼지지만, 나쁜 마음은 시작과 동시에 힘을 잃는다. 타인을 향한 비난과 분노에는 앞으로 나갈 힘이 없기 때문이다.

나는 그렇게 믿는다.

이제 걱정은 저 멀리 던지고,

나를 미워하는 사람 생각은 멈추자.

그리고 사랑하는 사람을 더 많이 생각하자.

우리의 사랑이 그들의 미움을 돌릴 수 있게,

늘 곁에서 온기를 전해주는 분들을 조금 더 사랑하자.

미움은 우리를 멈추게 하지만,

사랑은 우리를 앞으로 나가게 한다.

우리의 순간은 그렇게 영원히,

아름답게, 찬란히 빛난다.

"나는 어떤 감정에도 흔들리지 않는다."

거대한 슬픔을 견디는 힘은 어디에서 오는가?

전쟁 내내 조선의 힘은 매우 미약했다. 병력과 물자 등 모든 것이 부족해 도저히 이길 수 없는 상황이었다. 하지만 이순신이 이끄는 수군은 달랐다. 그런데 오점이 하나 생겼다. 이순신이 없는 상태에서 벌인 칠천량해전이 바로 그것이다. 1597년 조선 수군은 칠천량해전에서 왜적에 대패하고 겨우 배 12척만 남겨 돌아왔다. 그렇게 칠천량해전은 임진왜란과 정유재란 기간 동안 벌인 조선 수군의 전투에서 유일하게 패배한 해전으로 남았다.

조정에서는 놀라지 않을 수 없었다. 너무나 크게 패했기 때문이다. 나라를 잃을 수도 있다는 생각에 두려움을 느낀 조정에서는 이순신에게 두 가지 제안을 했다. 하나는 백의종군하고 있던 이순신을 다시 삼도수군통제사로 임명해 수군을 수습하라는 것이었고, 다른 하나는 한 달 후 육군으로 가라는 것이었다. 그러나 이순신의 결정은 단호했다. 수군을 수습하는 일에는 전력을 다했지만, 수군이 강해야 육군도 강해질 수 있다며 육군으로 가지는 않았다. 그러면서 그 유명한 말을 남긴다.

아직 신에게는 전선이 12척이나 남아 있습니다.

이 말이 나온 경로를 알아야 그가 남긴 다음 이야기의 깊이와 넓이를 짐작할 수 있다.

죽을힘을 내면 분명히 할 수 있는 일입니다. 하지만 질 것 같다는 생각에 수군을 버린다면 적은 오히려 너무나 기뻐하며 충청도를 거쳐 쉽게 한강에까지 갈 것입니다. 그것이 제가 걱정하는 이유입니다. 비록 가진 전선은 12척이지만, 제가 죽지 않는 이상 적이 감히 우리를 업신여기지는 못할 것입니다.

그렇게 그는 12척의 배로 왜적 133척을 물리치는 전과를 올렸다. 하지만 명량해전에서의 승리는 그에게 기쁨만은 아니었다. 왜적은 잔인하게도 그가 가장 소중하게 생각하는 생명을 살해했다. 아산 본가를 급습해 사랑하는 그의 아들 면을 비롯해 거기에 있던 모든 사람을 살해한 것이다. 이순신은 그 사라지지 않는 슬픈 마음을 『난중일기』에 이렇게 남겼다.

새벽 2시, 나는 꿈에 말을 타고 언덕 위로 가다가 말이 발을 헛디 더 냇물 가운데로 떨어졌다. 심각하게 넘어지지는 않았지만 막내아들 면이 끌어안는 듯한 형상이 보였고, 동시에 잠에서 깼다. 저녁에 한 사람이 천안에서 와 집에서 보낸 편지를 주었는데, 이유는 모르겠지만 편지를 뜯기도 전에 뼈와 살이 먼저 떨렸고 두려운 마음이 엄습했다. 편지를 뜯어 열이 쓴 글씨를 보니, 겉면에 '통곡'이라는 두 글자가 쓰여 있어 면이 전사했음을 직감했다. 아, 나도 모르게 슬픈 마음에 목 놓아 통곡했다. 하늘은 어찌 내게 이런 시련을 주는가?

그는 편지를 읽으며 몸과 마음이 타고 찢어지는 것처럼 아픈 고통을 느꼈다.

그의 인간적인 모습과 슬픔을 느껴보라. 얼마나 마음이 아프고 아들이 보고 싶었을까? 그는 그 마음을 "내가 죽고 네가 사는 것이 당연한 이치인데 네가 죽고 내가 살았으니, 어찌하여 이치에 어긋났단 말인가? 하늘은 어둡고 해조차도 빛을 잃었구나. 슬프다, 내 아들아! 하룻밤 지내기가 한 해를 지내는 것 같구나."라고 표현하며 그날의 일기를 마쳤다.

명량해전은 세계 해전사에서 그 유례를 찾아볼 수 없는 완전 무결한 승리라고 말하지만, 그에게는 반대로 사랑하는 아들을 잃은 슬픔의 사례라고 볼 수 있다.

누가 착한 사람인가?

"착한 마음을 가진 사람이 살기 힘든 세상이다."

"나쁜 놈들만 떵떵거리고 산다."

세상에 인간이 존재하면서 함께 시작된 말 중 하나다. 왜 착한 마음을 가진 사람은 늘 손해를 보고 나쁜 사람이 승승장구하며 사는 걸까? 분석을 시작해보자. '착한 마음'은 무엇을 의미하는가? '나쁜 마음'은 또 무엇인가? 제대로 분석하지 않으면, 손해를 보면 착한 사람이고 이익을 내면 나쁜 사람이라는 올바르지 않은 연결에 속을 수 있다. 뭐든 제대로 분석해야 조금 더 깨끗한 결론을 낼 수 있다.

일단 착한 마음은 참 좋은 말이다. 하지만 세상이 말하는 착한 사람에게는 문제가 하나 있다. 따로 교육을 시키지 않아도 질서를 지키고 규칙이 없어도 언제나 올바른 행동을 하지만, 질서를 지키지 않고 규칙을 어기는 사람을 이해하지 못한다는 단점이 바로 그것이다. 조금 더 크게 생각하면, 착한 마음을 가진 사람은 많은 사람의 생각과 행동을 이해하지 못하는 정말 작은 상자 안에서 사는 사람이다. 세상에는 정말 다양한 사람이 존재한다. 하지만 착한 마음을 가진 사람은 세상 인구의 10%도 이해하지 못하는 삶을 산다. 왜 그들이 규칙을 지키지 못하는 삶을 사는지, 왜 질서를 지키지 못하게 되었는지, 그 삶을 농밀하게 들여다보며 이해하려는 노력을 하지 않는다. 필요성을 전혀 느끼지 못하기 때문이다. 그래서 결국 그들은 자신이 이해하지 못하는 사람들에게 당하고 자꾸만 손해

111

를 보게 된다.

엄밀하게 말하면 그들은 진실로 착한 사람은 아니다. 앞서 언급했지만, 나는 "왜 착한 사람은 늘 손해를 보는가?"라는 전제가 틀렸다고 생각한다. 착한 사람은 손해를 보지 않는다. 진실로 착한 사람은 악한 사람까지 이해하고 안아주는 사람이기 때문이다. 더 많은 사람을 포용하고 따뜻하게 안아줄 수 있어야 착한 마음이라고 할 수 있다. 착한 마음은 결국 바다처럼 넓고 깊은 마음이다. 언제나 수많은 백성과 바다 곁에 살았던 이순신 장군의 삶은 말한다.

"온갖 종류의 쓰레기와 오염된 물을 제 몸으로 받아 바다는 매일 조금씩 깨끗하게 만드는 일을 한다. 우리의 마음도 그렇다. 바다의 일이 오염된 물을 정화하는 것이라면, 마음의 일은 분노에 찬 사람들의 이야기를 듣고 따뜻하게 안아주는 것이다."

진실로 착한 사람은 자기 마음에 수많은 사람의 고통을 담고 따스하게 안아주며 그들을 치유한다. 혼자만 선하게 사는 것은 어쩌면 너무나 이기적인 행동이다. 나만 아는 것이 착한 게 아니라, 세상과 타인의 고통받는 이유를 발견하며 치유하는 것이 진실한 착한 마음이다.

내가 잘하면 모든 것이 바뀐다

한껏 분노의 질주를 시작한 지인이 말한다.
"나, 저 사람을 이해할 수가 없어."

112

내 답은 간단하다.

"왜 네가 이해하려고 그래?"

그는 다시 답한다.

"아니, 말이 안 되는 이야기를 하잖아. 다들 그렇게 생각하지 않을 거야."

이런 방식의 생각은 자기만 힘들게 한다. 일단 '말이 안 된다.' 는 것은 자기 생각이다. 또한 '다들 자신과 같을 거다.'라는 것도 자기 생각이다. 세상의 모든 주장은 거의 언제나 그것을 지지하는 반과 거부하는 반을 가른다. 차이가 난다 해도 크지 않다. 타인의 주장은 그 사람의 결론이다. 다시 말해서 태어나 오늘까지 산 모든 나날의 합으로 내린 결론이다. 그걸 왜 쉽게 이해하려고 하나? 왜 설득과 변화가 쉽게 이루어질 거라고 생각하나?

변화는 자연스럽게 이루어진다. 내가 그를 바꾸는 게 아니라, 그 스스로 자신을 바꾸는 것이다. 그런 모습을 기대하기 위해서는, 내가 선택한 삶이 얼마나 가치 있는지 보여줘야 한다.

결론은 늘, 매우 간단하다.

"나나 잘하자."

사람은 자기 안의 사랑만큼 잘 산다. 그가 더 아름다운 삶을 살기를 바란다면, 간절한 만큼 더욱, 나나 잘하자.

사색의 수준이 인생의 수준이다

달빛이 비단결처럼 곱게 바다를 비추니,
성난 바람도 파도를 일으키지 못했다.
바다에게 피리를 불게 하자,
밤이 깊어서야 파도가 그쳤다.

이순신의 감성이 선명하게 드러난 시다. 겉에서 바라보면 아름답지만 나는 『난중일기』에서 이처럼 슬픈 글을 본 적이 없다. 그는 성난 파도가 잠잠해질 때까지, 달빛과 바다의 작은 움직임이 커졌다가 다시 사라질 때까지, 그 풍경과 공간에 가장 고독한 상태로 머물렀던 것이다. 깊은 고독이 아니면 발견할 수 없고 쓸 수 없는 가장 슬픈 시다. 그가 고독을 선택하며 그 안에 오래도록 머문 이유는, 그래야 사색의 수준을 높일 수 있기 때문이었다.

하루는 변의정이라는 사람이 수박 두 덩이를 들고 이순신을 찾았다. 그를 바라보며 이순신은 이런 생각을 한다.

"두메에 박혀 사는 사람이라 배우지 못하고 가난해서 그 모습이 저절로 어리석고 용렬해 보인다. 하지만 이 또한 소박하고 인심이 후한 모습이다."

그는 늘 일상에서 관찰을 멈추지 않았다. 중요한 것은 모든 사람이 그렇듯 처음에는 부정적인 것을 보았지만 조금 더 관찰하고 사색하며 반드시 좋은 부분도 찾아냈다는 것이다. 좋지 않은 것은 쉽게 그 모습을 드러내지만 좋은 것은 언제나 자신을 감춘다. 스스로 귀한 것을 알기 때문이다. 더 사색하고 관찰해야 우리는 비로소 귀한 것의 꼬리를 잡아당길 수 있다.

그의 고독과 사색의 나날에서 나는 이런 문장을 찾을 수 있었다.

"반복하는 일상이 나의 사색을 자유롭게 한다."

『난중일기』에 가장 자주 나오는 문장은 "맑다. 동헌에서 공무를 보았다."이고, 두 번째는 "맑다. 동헌에서 공무를 마치고 활을 쏘았다."이며, 세 번째는, "맑다. 동헌에서 공무를 마치고 활을 쏘았다. 그리고 군사들을 검열했다."이다.

그는 매우 단조로운 일상을 반복했다. 우리는 보통 '일상의 지루한 반복'이라고 표현하며 자신의 삶을 지루하게 생각한다. 그래서 멀리 떠나며 일탈을 꿈꾼다. 하지만 진실로 반복하는 일상은 그 사람을 자유롭게 한다. 우리가 일상의 지루함을 느끼는 이유는, 그 일상이 자신의 것이 아니기 때문이다.

보고 듣고 느낀 모든 것을 글로 쓰라

하루는 이순신이 가장 앞에서 전투를 지휘하다 총알을 맞았다. 어깨에서 흐르는 피는 몸을 타고 내려와 바닥까지 적셨다. 하지만 그는 미동도 하지 않았다. 아무렇지도 않은 표정으로 여전히 전투를 지휘하며 적을 물리쳤다. 모든 싸움이 끝난 후에야 그는 박힌 총알을 빼냈다. 아픈 감각을 잃게 할 마취도 정교한 수술 도구도 없었다. 몸을 뚫고 들어간 총알을 칼로 살을 갈라 빼내는 동안 주변에 서 있던 부하와 장수들은 마치 자신의 몸이 베이는 듯 고통스러운 표정을 지었지만, 그는 차분한 표정으로 말하고 웃기도 했다. 자신의 아픔은 참을 수 있지만, 그들이 아파하는 모습은 볼 수 없었기 때문이다.

이순신 장군은 몸이 아파서 잠을 잘 수 없을 때,

배에서 적의 총알에 맞았을 때,

선조의 명으로 억울하게 옥에 갇혔을 때,

그 충격에 어머니가 돌아가셨다는 소식을 들었을 때,

아들이 전사하고 온갖 모함을 당할 때 무슨 생각을 했을까?

"나라와 백성을 걱정했다."

그리고 아픔을 겪을 때마다 나라와 백성을 생각하며 매일 글을 썼다. 때로는 시를 썼고, 때로는 짧은 감상을 글로 남겼다. 변치 않는 마음이 녹아 있는 삶은 반드시 아름다운 글이 되어 세상에 다시 태어난다. 그래서 그가 보고 듣고 느낀 것은 모두 글이 되었고, 지금도 여전히 이렇게 우리의 마음에 영감을 주는 것이다.

마음을 대하는 태도가 당신의 삶을 결정 짓는다

우리가 자신의 일이 아닌 남의 일을 하며 세상의 시중을 드는 삶을 사는 이유는 뭘까? 주변에서 "너의 일을 하라."라는 조언을 그렇게 들으면서도 남의 일을 하는 이유는, 그런 선택을 반복하는 이유는, 결국 남의 일을 하는 것이 당장 돈이 되고 안정적이기 때문이다. 생명이 있는 존재의 선택은 언제나 단순하다. 생명을 유지할 먹이가 더 많은 방향으로 움직인다.

모든 마음의 욕심은 그걸 가진 사람의 성장을 막는다. 도전하지 않고 안정만을 추구하며 타인의 도전과 성장을 막기에 급급한 인생을 살기 때문이다. 욕심은 스스로 나아지려는 마음이 아닌, 나아지려는 타인의 도전을 막는 의지로 발전할 가능성이 높다. 자신은 영원히 정지된 상태인데 나아지려는 타인의 행동과 선택을 보면 불안하기 때문이다.

이기려는 마음을 버리고 키우려는 마음을 가지면 좋다. 큰마음을 가진 사람은 자유롭다. 그 마음 안에 수많은 사람의 삶을 담을 수 있기 때문이다. 그리고 그들은 이기려고 하지 않고, 상대가 자신의 능력을 더 키우기를 바라는 마음으로 산다. 큰마음을 가진 사람은 오히려 라이벌을 오히려 키운다. 그가 한 걸음 앞서면 자신도 그만큼 성장한다는 사실을 알기 때문이다. 마음의 자유를 얻고 싶다면, 앞으로 나가는 세상과 사람을 막지 말고 열렬히 응원하며 격려하자.

"세상을 키우려는 마음으로 살면 내 마음도 커진다."

사색하지 않는 자는

거대한 무기를 가져도 두려움에 떨지만,

사색하는 자는

몸 하나만 가지고 있어도 떨지 않는다.

사색이 당신을 지켜주는 자본이다.

4장 지성, 시대와 겨루는 근본적인 힘

지성의 대가들이 지적인 세계를 확장하는 방법

7년의 전쟁 동안 이순신은 어려운 상황에서도 저항하는 적을 제압하며 승리를 거듭했다. 문제는 중간중간 자꾸만 내정에 간섭하며 못 살게 굴던 명나라의 수군이었다. 그들은 조선의 수군을 돕겠다는 구실로 들어왔지만, 간섭만 하려고 할 뿐 정작 참전에는 소극적이었기 때문이다. 당시 조선은 그들의 명령을 따라야 할 만큼 명나라의 압박에 시달렸다.

그런데 하루는 백성을 아끼는 그의 마음이 그대로 전해지는 사건이 일어났다. 경상수사의 군관과 색리들이 명나라 장수를 대접하기 위해 떡을 가지고 갔는데, 여자들을 시켜 떡을 이고 가게 한 것이다. 그 사실을 안 이순신은 바로 관련자들에게 엄중히 책임을 물었고 합당한 벌을 줬다.

쉬운 일은 아니었다. 백성을 사랑하는 마음은 누구나 가질 수 있지만, 명나라의 눈치를 봐야 하는 터라 자신의 원칙을 실천하기가 어려웠기 때문이다. 그리고 더 큰 문제는 부하들의 비난과 원망을 살 수도 있었다. 앞서 언급한 사례처럼 그 마음을 실천하려면 자기 아래 있는 사람에게 듣기 싫은 말을 하며, 동시에 그들의 비난과 분노도 잠재울 수 있어야 한다. 백성을 사랑하기가 어려운 게 아니라, 그 마음을 실천하며 현실에서 마주할 어려움들을 통과하는 게 정말 어려운 것이다.

게다가 사람은 모두 다르다. 그래서 두 사람 이상이 모인 곳에서는 늘 분쟁과 갈등이 끊이지 않는다. 사실 조직을 만들어 제대로 이끈다는 것은, '어떻게 구성원들이 싸우지 않고 각자의 재능을 연결해 시너지를 낼 수 있게 할까?'에 대한 답을 내는 것과 같다. 그래서 이순신 장군은 백성을 더 사랑하기 위해 양반 신분의 자기 부하들을 더 이해해야만 했다. 그들을 이해해야 그들을 다룰 수 있었기 때문이다. 그는 어떤 방법으로 사람을 이해했을까?

의식 수준을 깊고 넓게 만드는 법

SNS를 조금만 관찰해도 이런 점을 발견할 수 있다. 이를테면 10명에 대한 이해가 전혀 없는 상태에서도 그들이 최근에 쓴 글 열 개만 차분히 읽으면 어떤 사람이 어떤 사람과 맞고, 반대로 맞지 않는다는 사실을 쉽게 알 수 있다. 실제로 그들의 계정을 확인하면 맞을 것 같은 사람끼리 친하게 지내고, 맞지 않을 것 같은 사람이 서로 다른 편이 되어 대립 각을 세운 경우가 많다. 간단하게 말하면, 어울리는 사람이 예상되는 사람이 되면 곤란하다. 비슷한 생각을 하며 같은 행동을 하는 사람만 만나며 반대의 뜻을 가진 사람을 이유 없이 밀어낼 가능성이 높기 때문이다.

1. 나와 전혀 다른 생각을 하는 사람을 만나자.
   같은 생각을 하는 사람만 만나면 새로운 사람이 끼어들 수가 없다. 다른 생각이 다른 사람을 부른다. 더 많은 사람을 이해하려면 더 다른 생각을 해야 한다.

2. 그의 이야기를 주의 깊게 듣고 중간에 간단히 호응만 하자.
   나와 다른 생각을 처음 접하면 반발심이 생기기 쉽다. 지금까지의 나로서는 이해하기 어렵기 때문이다. 이때 입을 열면 모든 관계가 끝나고 이해할 수도 없게 된다. 최대한 듣기만 하면서 상대가 편안하게 말할 수 있도록 간단하게 호응만 하자.

3. 그가 자신이 말한 지식을 어떻게 실천하는지 관찰하자.
   그의 생각을 들었다면 그의 생각이 일상에서 어떻게 실천되고 있는지 알아봐야 한다. 그래야 그가 왜 그런 생각을 하며 그렇게 살고 있는지 알 수 있기 때문이다. 그를 이해하고 싶다는 마음으로 바라보라.

4. 그와 내가 지식을 실천하는 방식을 비교하며 서로 연결해보자.

   지식을 실천하는 방법은 서로 다르다. 상대의 방법과 나의 방법을 비교하며 내게 연결하면 좋을 상대의 장점을 관찰하자. 그렇게 그의 방식으로 나의 지식을 실천하면 아마 새로운 깨달음이 생길 것이다.

5. 그럼 그가 왜 나와 다른 생각을 하는지 이해하게 된다.

   그건 바로 그가 나와 다른 생각을 하는 이유를 알게 된다는 것이다. 생각이 다른 이유는 삶이 다르기 때문일 수도 있다. 생각이 삶을 바꾸기도 하지만, 삶이 생각을 바꿀 때도 있기 때문이다.

6. 이런 방식으로 하나의 다른 세계를 가슴에 품게 된다.

   상대의 삶을 온전히 알면 비로소 우리는 하나의 다른 세계를 가슴에 담을 수 있다. 더 많은 세계를 담을수록 우리는 더 새롭게 생각할 수 있으며, 분야와 범위를 가리지 않고 창조할 수 있게 된다.

   이순신 장군이 지적인 세계를 확장하는 방법을 매우 간단하게 압축했지만, 이게 바로 괴테를 비롯한 수많은 지성인이 실천한 지적인 세계를 확장하는 방법이다. 남들이 볼 때, 스스로 생각할 때 전혀 맞지 않을 것 같은 사람을 만나, 그의 이야기를 듣고 관찰하고 이해하며 내면에 또 다른 세계를 하나 건설하자. 그렇게 깊어지고 넓어지며 의식이 확장된다.

지성은 반드시 다른 길을 인도한다

"다양한 분야에 관심이 많아서 하나에 집중하기 힘들어."

어떤 사람들은 이런 식으로 말하며 자신의 창의성과 다양성을 강조하지만, 껍데기를 제거하고 그들의 알맹이를 바라보면 전혀 사실이 아니라는 것을 알게 된다. 정말로 창의성과 다양성을 가진 사람은 모든 사람이 "그게 뭐냐?"라고 말할 정도로 작고 사소한 것에서 우주를 발견하기 때문이다. 집 앞에 앉아 마당에 심은 작은 나무를 바라보면 내 머리에는 온갖 종류의 이야기가 떠다닌다. 낙엽 하나가 순간 낙하하는 모습만 봐도 그 몇 초의 기억을 온종일 간직하며 수많은 종류의 글로 써낸다. 낙엽에 새겨진 줄 하나로도 수천 줄의 글을 쓸 수 있다. 내게는 세상이 말하는 '사소하다'라는 언어가 존재하지 않는다. 모든 만물이 내게는 거대한 존재이자 귀한 영감이기 때문이다. 가장 창조적인 사람은 여기저기로 옮겨 다니는 사람이 아니라 한자리에서 평생을 사는 사람이다. 한자리에 오래 머무는 사람은 끈기가 대단한 사람이 아니라, 한자리에서 수많은 것을 볼 수 있고 그것을 서로 연결할 줄 아는 사람이다. 나는 누구에게나 몰입의 시간은 같다고 생각한다. 하나의 사물에 몰입할 수 있는 시간은 거의 비슷하다. 다만 하나의 사물에 비정상적으로 오래 몰입하는 사람은 그 하나에서 수많은 것을 발견했기 때문이다. 그에게는 이미 그것이 하나가 아닌 수백 개다. 수백 개를 다 보려고 하기 때문에 하나만 보는 사람보다 수백 배 몰입할 수밖에 없다.

가볍게 움직이지 말고, 태산처럼 무겁게 행동하라

아무리 장점이 많은 사람도 움직임이 가벼우면 신뢰가 가지 않는다. 여기서 움직임은 몸의 이동이 아니라, 생각하는 태도와 의지를 표현하는 방식 등을 말한다. 이순신은 비록 몸은 약하게 태어났지만, 병사들 앞에서는 범접할 수 없는 거대한 파도와 같았다.

모든 병사가 질 가능성이 높아 두려움 가득한 얼굴로 서 있었던 임진왜란의 첫 출전인 옥포해전에서, 이순신은 짧지만 강한 음성으로 이렇게 외쳤다.

"절대 가볍게 움직이지 말라. 침착하게, 태산처럼 무겁게 행동하라."

그리 대단한 말도, 그렇다고 아군의 승리를 예상하는 희망의 언어도 아니었지만, 그의 외침을 들은 병사들은 두려운 마음을 벗어내고 전투에서 승리할 수 있었다. 명량해전 때도 마찬가지였다. 아군의 사정이 매우 불안하고 위태롭다는 사실은 병사들이 가장 잘 안다. 왜적의 배 133척을 12척의 배로 맞서야 한다는 것은 결국 죽음을 각오하지 않으면 안 되는 일이었다. 그걸 모르는 이는 아무도 없었다. 이에 그는 명량해전을 앞

두고 병사들에게 이렇게 외쳤다.

"죽기를 각오하면 살 것이고, 살고자 하면 죽을 것이다."

사실 이런 말은 누구나 할 수 있다. 지금까지 수많은 장군이 세계 곳곳에서 병사들에게 같은 말을 하며 용기를 줬을 것이다. 하지만 이순신 장군의 말이 다른 이유는, 그저 죽기를 각오하는 게 아니라 그 뒤에 분명한 전략이 있었기 때문이다. 병사들은 이순신 장군의 말이 아닌 말속에 담긴 그의 생각을 신뢰한 것이다. 그와 함께 나가면 어떤 불리한 상황에서도 살 방법을 찾을 수 있다는 생각이 있었기에 두려움이 가득할 수밖에 없는 불리한 상황에서도 병사들은 그를 믿고 따를 수 있었다.

임진왜란을 일으킨 일본의 장수 도요토미 히데요시는 "바다에서 조선 수군을 만나면 바로 도망치는 게 좋다."라고 말했다. 고압적인 태도로 조선의 임금까지 불안하게 한 명나라의 장수 진린도 거들었다. "이순신 장군은 천지를 주무르는 재주를 가진 사람이다. 그 재주로 그는 어지러운 나라를 바로잡았다."

적국의 장수까지 그를 칭송하며 두려워한 이유는 뭘까? 그가 남긴 마지막 말이 그의 힘이 어디에 존재하는지 말해준다.

노량해전에서 마지막 숨을 내쉬며 그는 이렇게 말했다.

"싸움이 급하다. 내 죽음을 적에게 알리지 말라."

그의 마지막 말을 매우 섬세하게 읽고 관찰할 필요가 있다. 적은 이순신의 존재, 조금 더 분명하게 말하면 이순신의 칼과 거북선, 갑옷이 아닌 그의 생각을 두려워한 것이다.

최고의 리더십은 지성에서 나온다

영국 해군 준장 알렉산더 발라드는 이렇게 말했다.

"이순신의 열정적인 공격은 절대 맹목적인 모험이 아니었다."

나는 그의 이 말에 이순신의 모든 역량이 녹아 있다고 생각한다. 모르는 사람은 그저 열정만으로 치열하게 싸워 이겼다고 생각할 수도 있지만, 이순신의 손동작 그리고 눈빛 한 조각에도 승리할 수밖에 없는 전략이 담겨 있었다. 발라드는 다시 이렇게 설명했다.

"이순신은 전략적 상황을 깊고 넓게 파악했다. 아무도 예상하지 못한 전술로 언제나 승리했다. 영국인에게 넬슨Nelson과 견줄 수 있는 해군 제독이 있다는 것은 생각하기 힘든 문제이지만, 만약 누군가가 넬슨 제독과 동등하게 비교하라고 한다면 그건 평생 패배를 몰랐던 이순신 장군일 것이다."

그는 이길 수 있는 방법을 찾아 사색에 잠겼고, 그 방법을 전략으로 만들어 패배를 모르는 장군으로 살았다. 나는 그 자체가 지성인의 삶이라고 생각한다. 작가에게 지성은 좋은 글을 쓰는 것인 것처럼, 장군에게 지성은 이기는 전략을 만들어내는 것이기 때문이다. 그래서 수많은 세기의 지성을 낳은 영국에서 그토록 이순신을 존경하는 게 아닐까?

"요즘 세상에는 존경할 만한 사람이 없다."라는 말이 있다. 이유가 뭘까? 시대에 따라 정말 존경할 만한 사람이 늘었다가 줄어들기라도 하는 걸까? 이순신 장군의 『난중일기』를 찬찬히 들여다보면, 그가 사람을 매우 중요하게 여겼다는 사실을 알게 된다. 그는 일기에 종종 "이 사람은 참 존경스럽다."라는 표현을 사용했다.

이순신 장군은 사는 내내 주변 사람들의 시기와 비난을 받았다. 그를 못살게 굴고 필요하면 다시 불러 죽음을 각오하고 싸우도록 만들었다. 그런 그에게 존경할 만한 사람이 많았던 이유는 뭘까? 나는 세상과 사람을 대하는 그의 태도에서 존경의 다른 의미를 발견했다.

"사람들이 존경할 만한 사람이 없다고 한탄하는 이유는, 자신보다 높은 곳에 있는 사람만 찾으려고 하기 때문이다. 고개와 허리를 조금만 낮추면 천지가 존경할 대상이다."

요즘 세상에는 존경할 만한 사람이 없는 게 아니라, 고개와 허리를 숙이려는 사람이 없을 뿐이다.

이순신에게는 거리에 가득한 수많은 백성이 스승이었다. 그렇다. 그의 리더십은 지성에 나왔고, 빛나는 지성은 그가 그토록 사랑하는 백성에게서 나왔다.

한 사람만 만나도,

자연의 한 풍경만 스쳐도,

우리가 존경할 것이 가득하다.

더 큰 세상이 아닌 더 큰 나를 만나라

누구나 시작은 두렵다. 바람이 불면 흔들리고 파도가 치면 무너지는 자신을 느끼면, '또 세상은 이렇게 나를 도와주지 않는구나.'라는 생각이 들어 온갖 부정적인 감정에 휩싸이게 된다. 세찬 바람과 파도보다 무서운 것이 바로 자기 안에서 부는 바람이다.

"세상에 부는 바람은 내가 어찌할 수 없지만, 내 안에서 부는 바람은 생각을 바꾸면 잠재울 수 있다."

생각을 바꾸려면 이렇게 시작하면 된다. 먼저 자신을 괴롭히지 말라. 세계 평화와 사랑하며 살아가는 삶은 너무나 거대한 지표다. 손에 잡히지 않는 거대한 지표는 사람을 지치게 한다. 그저 일상에 모든 것을 바치면 된다. 세상을 위해 산다고 생각하지 말고, 자신을 위해 산다고 생각하며 하루를 보내라.

그대가 무엇을 선택했든 시작부터 담대하게 생각하자. 세상이 당신을 허락하지 않는다고 생각하지 말고, 내가 나를 선택하겠다고 생각을 바꿔라. 생각의 방향을 돌리면 분노와 원망을 잠재울 수 있다. 누구나 처음이 있다. 처음 입사를 준비할 때, 첫 사업을 시작할 때, 첫 책과 강연을 준비할 때, 나는 그대가 이런 생각으로 세상과 대화하기를 바란다.

"당신이 나를 선택하지 않아도 괜찮다. 당신은 나를 놓친 최초의 사람이자, 마지막 사람으로 기억될 테니까. 앞으로는 나를 놓칠 사람이 없을 것이다. 이제는 내가 상대를 선택할 테니까. 당신은 나를 잡을 마지막 기회를 놓쳤다."

누구나 수많은 선택을 하며 산다. 가장 건강하고 아름답고 단단한 삶은, 내가 나를 선택하며 사는 일상의 반복에 있다. 세상은 내가 결정할 수 있는 대상이 아니다. 말하면 말할수록 자괴감만 커질 수밖에 없다. 생각을 바꾸자. 그대 자신을 선택하라.

"더 큰 세상이 아닌 더 큰 나를 만나라."

기록하지 않으면 의미도 사라진다

이순신 장군은 수많은 기록을 남겼다. 『난중일기』가 대표적이지만, 평소 그가 자주 써서 보낸 편지도 일종의 기록이라고 볼 수 있다. 그는 늘 기록에 대한 생각을 가지고 살았다. 1593년 5월에 쓴 그의 일기에서 기록에 대한 그의 귀한 생각을 엿볼 수 있다.

늘 생각을 기록해야 한다고 생각하면서도 바다와 육지에서 매우 바쁘고 기록할 시간이 충분하지 않아 잊고 실천하지 않았다. 여기서부터 다시 계속한다.

그의 일기는 우리에게 많은 영감을 준다.

보통 제대로 실천하지 못하면 중간에 멈추거나 자신을 책망하게 되는데, 그는 기록을 하다 바빠서 멈췄다고 자신을 원망하거나 그만

둘 필요는 없다는 말로 다시 시작하는 힘을 강조했다. 그의 말처럼 그 자리에서 다시 시작하면 되기 때문이다. 오히려 멈추었다가 다시 시작한 기록이 자신의 바쁘거나 방황한 무언의 기록으로 남아 더욱 값진 부분이 될수도 있다. 이순신도 전쟁으로 바쁘거나 힘들 때는 기록을 한 달 이상 멈추기도 했다.

또한 같은 달 3일에는 "저녁 달빛은 배에 가득 차고, 이런 날 홀로 앉아 사방으로 뒤척이니 온갖 근심이 가슴에 쌓인다. 아무리 청해도 잠을 이루지 못하다가, 닭이 울 때야 선잠이 들었다."라는 일기를 남겼다. 그는 늘 이런 식으로 다양한 일상의 감정을 기록했다. 남들이 볼 때는 늘 비슷한 표현의 반복이지만, 그에게는 매우 심각하며 10시간 이상 사색한 결과로 나온 한 줄이다. 기록은 타인이 아닌 자신이 볼 때 의미 있는 것을 남기기 때문이 자신의 현재와 미래를 점검할 때 매우 유용하게 사용할 수 있다. 기록하며 저절로 내면의 소리를 듣게 된다.

그리고 18일에는 "새로 협선을 만드는데 못이 없다고 한다."라는 기록을 남겼다. 매우 다양한 생각을 하게 만드는 글이다. 기록은 결국 그 사람이 세상을 바라보는 관찰의 깊이를 말해주고, 사람을 사랑하는 온도를 증명한다. 그 크고 거대한 협선을 만들면서 부족한 못의 개수를 아는 사람, 그리고 그게 없어 협선을 만드는 데 애를 먹는 백성의 고통을 마음으로 느끼는 사람이라는 사실을 그가 남긴 기록이 증명한다. 우리는 기록을 할 수도, 하지 않을 수도 있다. 하지만 자기 삶에 의미를 부여하고 그것을 소중한 사람에게 전하고 싶다면 지금 바로 시작하는 게 좋다.

133

일상을 기록해야 삶이 위대해진다

2018년, 이국종 아주대 의대 교수는 자신의 이야기를 책으로 냈다. 책 분량도 엄청나서, 두 권으로 나뉜 페이지를 더하면 무려 800페이지가 넘는다. 의문이 생긴다. "그렇게 바쁜 일상에서 어떻게 그 많은 글을 쓸 수 있었을까?" 답은 간단하다. 먼저 그가 책을 낸 계기를 살펴보자. 원래 그는 책을 낼 생각이 전혀 없었다. 아마도 수년간 한국의 거의 모든 대형 출판사에서 출간을 의뢰했을 것이라 생각한다. 내기만 하면 베스트셀러가 될 것이 눈에 선하니까. 하지만 그는 "환자를 살리기에도 시간이 부족하다."라며 고사했다. 그런데 완강한 그의 마음을 몇 마디 말로 돌린 사람이 있다. 그는 이국종 교수에게 이렇게 말했다.

"왜 자신의 일상을 기록으로 남기지 않나요? 기록으로 남기지 않으면 다 사라집니다. 환자를 살리는 게 그렇게 중요한 일이라면 그걸 글로 남겨주세요. 그래야 세상에 남습니다."

그 말을 들은 그는 즉시 기록을 시작했고, 800페이지가 넘는 엄청난 분량의 책을 쓸 수 있었다.

"SNS를 잠시 중단합니다. 일에 집중해서 성과를 내고 돌아오겠습니다."

이런 글을 남기고 돌연 사라지는 분들을 자주 본다. 그리고 그들은 약속이라도 한 것처럼 일정 기간이 지나면 돌아와 안부를 전하며 아무 일도 없었다는 듯 활동한다. 물론 다시 중단하고 활동하기를 반복한다. 일상의 실천과 기본을 강조하는 이런 글이 하나 있다.

"성공하고 싶다면 먼저 베개와 이불 정리부터 해라."

이 말은 매우 강력한 의미를 지녔다. 나는 지난 25년 동안 멈추지 않고 온라인에서 커뮤니티와 SNS를 운영했다. 여기에서 중요한 건, 25년이라는 기간 동안 멈추지 않았다는 사실이다. 온갖 SNS 활동을 멈추고 자기 일에 집중한다는 말은 사실 앞뒤가 맞지 않는다. 위의 말을 예로 들면 이렇다. "뭔가 한다고 말하기 전에 지금 하는 SNS 활동이나 제대로 해라." 그들이 SNS를 멈추고 일상으로 복귀했다가 다시 돌아오는 이유는 일상에서 제대로 성과를 내지 못했기 때문이다. 결국 이것저것 반복하다 끝내는 인생을 살게 된다. 이런 말이 있다.

"하나를 잘하는 사람은 다른 일도 잘한다."

"사소한 일을 제대로 하는 사람은 큰일도 잘한다."

일상을 기록하라. 그럼 기록한 일상이 당신의 삶을 위대하게 만들어줄 것이다. 경험만 쌓지 말고 그것을 재료로 삼아 건물을 짓는 것이다. 기록이란 당신의 인생이 만드는 경험의 집이다.

그대가 살아온 기록이 그대의 가치를 결정한다

SNS는 결국 일상의 기록을 남기는 공간이다. 왜 본업을 하기 위해 SNS를 중단해야 하는가? 중독 때문이라며 SNS를 삭제하면, 그는 일상에서 또 다른 것에 중독될 것이다. 그럼에도 불구하고 뭐든 해내는 사람은 지금 여기에서 할 수 있는 방법을 찾지, 못하는 이유를 찾지 않는다.

SNS에 중독되는 이유는 일상을 제대로 살지 못하기 때문이다. 자신이 잘 산 날을 기록하며 타인의 일상을 읽고 서로 경탄하는 사람은 중독될 이유가 없다. 제대로 살지 못해서 질투가 나고 비난하게 되면서 자꾸 생각이 나니 중독되는 악순환을 반복한다.

현실에서의 인기가 바로 SNS로 연결될 가능성은 거의 없다. 방탄소년단이나 백종원이 아닌 이상 그건 매우 힘든 일이다. SNS에서 이름을 알리지 못하는 사람은 일상에서도 원하는 것을 이루기 힘들다. 어느 순간, 어느 자리에 있든 그 자리에서 빛을 내야 한다. 결국 기록이다. 기록할 수 있을 정도의 인생을 살면 저절로 그대의 SNS는 세상에 알려질 것이며, 동시에 일상도 풍요로워질 것이다. 그 바쁜 나날을 보내며 800페이지가 넘는 분량의 책을 쓴 이국종 교수가 그것을 증명한다. 그는 열심히 산 일상을 기록했을 뿐이다.

살고 기록하라, 그리고 당신의 삶을 알려라.
SNS를 하는 시간이 아깝다고 생각하지 말고,
SNS에 기록할 일상을 살지 못함을 안타깝게 생각하라.

"멈추지 않는 기록은 매우 중요하다.
그럴 가치가 충분한 인생을 살고 있다는 증거이니까."

배우는 습관이 삶의 무기가 되려면

아무리 불리한 상황에서도 이순신 장군이 나서면 바로 전쟁의 흐름이 바뀌었다. 그가 지지 않고 승승장구할 수 있었던 커다란 힘 중 하나는 바로 배우는 습관이었다. 그는 왜적과 싸웠지만 왜적에게서 배웠고, 바다와 파도, 함께 싸우는 부하에게서도 늘 무언가를 배웠다. 반대로 표현하면 자신을 둘러싼 모든 사물과 사람에게서 배웠으므로 그는 자신을 둘러싼 환경을 제어할 수 있었다. 그의 삶은 우리에게 말한다.

"당신이 만약 무언가를 제어하고 싶다면 먼저 그것을 배워야 한다. 주변 환경을 제어하고 싶다면 환경이 주는 메시지에서 배움을 얻어야 한다. 그렇게 배우는 습관을 삶의 무기로 만들 수 있다."

그에게 무기는 창과 총이 아닌 배우는 습관이었다. 그래서 모든 열세를 이겨내고 마침내 승리할 수 있었다. 무기와 병력으로 싸운 게 아니라 배우는 습관으로 싸웠기 때문이다. 다만 모든 배우는 습관이 삶의 무기가 되는 것은 아니다. 이순신의 배우는 자세는 조금 달랐다.

상대를 존중하고 배려하라

배움의 대상은 언제나 타인이므로 세상과 타인에게 배워야 한다. 먼저 배워야 할 대상에 대한 존경심을 갖고 있어야 한다. 상대의 주장에 대해 반박하려고 하거나 설득해서 이기겠다는 생각도 좋지만, 언제나 그런 식이라면 아무것도 배울 수 없다. 대화에 임할 때는 언제나 상대를 존중하고 배려하는 자세로 바라보라. 대화가 끝난 후 "혹시 불편했다면 미안해. 곤란하게 할 생각은 없었는데."라는 사과를 하게 된다면 그건 당신의 잘못이다. 상대가 곤란한 상태에 놓였다는 것은, 당신이 자신의 생각을 너무 강하게 주장했거나 말이 되지 않는 이야기로 상대를 힘들게 했다는 증거이기 때문이다. 이순신은 바다를 오가는 파도 한 조각에서도 배움을 얻었다. 사소하다고 생각한 파도에서 바다의 전체 흐름을 조망하며 승리할 수 있는 확률을 조금씩 높여나갔다. 더 깊어지고 더 낮아져라. 배우려고 하면 다른 세상을 발견할 것이고, 이기려고 하면 상처와 비난만 받게 될 것이다.

일을 사랑하는 마음은 기간으로 짐작할 수 없다

"혹시 몇 년 정도 일하셨나요? 경력이?"

간혹 강연장에서 이런 질문을 하는 교육생을 만난다.

기간을 왜 물을까? 그리고 자신이 25년째 일하고 있다고 굳이 말한 이유는 뭘까? 내가 너보다 더 오래 일했으니, 전문가인 자기 앞에서 그만 떠들라는 의미일 것이다. 이런 태도로는 누구에게도 배울 수 없다. 또한 지금까지 그가 배운 모든 것은 세상일에 아무런 쓸모도 없을 것이다. 지식은 사람을 향할 때 비로소 빛나는 것인데, 그의 시선에는 생명이 보이지 않기 때문이다. 이순신은 이제 막 전투를 시작한 새내기 병사에게서도 배웠고, 그 지식을 의심하지 않았다. 만약 그가 "내가 전투에만 나가면 무조건 이기는 장군인데, 감히 누가 나에게 조언을 한단 말인가?"라는 자세로 전투에 임했다면, 100% 승리를 자랑하는 이순신의 전투 역사는 시작되지 않았을 가능성이 높다. 자신의 경력이 더 긴데 경력이 짧은 사람에게 무언가를 배우는 입장이라면, '나는 왜 더 오래 일하고도 초보자에게 여전히 일에 대해 배워야 하는가?'라는 통렬한 자기반성을 해야 한다.

특별한 대우를 부끄럽게 생각하라

"제가 사고 싶었어요."

누군가 식사를 하자고 하면, 그 자리에 나가 결국 절반 정도는 내가 산다. 100% 상대가 내야 하는 자리일지라도 내가 조금 서둘러 식사비용을 계산한다. 이유는 간단하다. 대화를 나누며 그의 따스한 마음에 감동했고, 그가 내게 조금 더 소중해졌기 때문이다. 마음이 가면 절로 돈이 간다. 지금 당장 내가 할 수 있는 게 무엇인지 생각하게 되기 때문이다. 이순신의 삶도 그랬다. 그는 사랑을 받기보다는 주기를 원했고, 자신도 넉넉하지 않았지만 언제나 가진 게 없는 백성들을 걱정하며 살았다. 접대를 받거나 특권을 누리는 것을 미안하게 생각해야 한다. 이순신 장군은 양반이 누리는, 장군이 누리는 특권을 부끄럽게 생각하며 오직 마음으로 사람을 대하고 사랑했다. 언제나 강조하지만, 우리는 사랑하는 사람에게서만 배울 수 있다. 다시 사랑하라. 이 세상에 배울 것이 가득하다는 사실을 알게 될 것이다.

일상에서 지킨 원칙의 반복이
지성의 방향을 결정한다

이순신 장군이 7년 동안의 전쟁 내내 반복한 행동이 하나 있다. 루틴이라고 불러도 될 정도다. 그는 비가 오거나 눈이 오는 날도, 사랑하는 자식이 세상을 떠난 날도 이것을 멈추지 않았다. 바로 활쏘기 연습이다. 그는 매일 적게는 수십 발, 많게는 수백 발을 쏜 후에야 하루를 마감했다. 그의 루틴은 그가 무엇을 하는 사람이며 무엇을 추구하는지 친절하게 알려준다. 그는 자신을 지켜 나라를 구하는 장군의 삶을 살았다. 그 스스로 말하지 않아도 루틴이 그것을 증명한다.

주위를 보면 대체 무얼 하는 사람인지 알 수 없는 사람이 있다. 이걸 하다가 갑자기 저걸 하고, 또 어느새 다른 일을 하며 스스로 전문가라고 말하고 다닌다. 당연히 반복하는 루틴도 없다. 스스로 바쁘게 산다고 느끼겠지만, 주변에서 보기에는 아무것도 하지 않는 사람일 뿐이다. 당연히 세상의 부정적인 평가를 받고, 하는 일마다 실패한다. 물론 여러 가지를 다 잘하면 좋다. 하지만 시작이 달라야 한다. 잘하는 하나의 줄기에서 나온 것이어야 한다. 모두가 각기 다른 뿌리에서 나온 것들이라면 인생에 별 도움이 되기 어렵다.

하나를 잘해야 수많은 길이 열린다. 하나를 잘하기 위해서는 그 하나만 위해 사는 루틴이 필요하다. 루틴만 봐도 그 사람이 무엇을 추구하며 일하는 사람인지 알 수 있어야 한다. 그래야 세상이 그를 알아보고 세상에 세울 수 있다.

이순신 장군은 매일 활을 쏘며 자신의 삶을 활짝 열었다. 그대는 지금 세상을 향해 무엇을 쏘고 있는가? 지성의 방향을 알고 싶은가? 세상은 부르는 자의 몫이다. 원한다면 반복해서 불러라. 세상은 결코 자신을 간절히 부르는 자를 외면하지 않는다.

마음이 흔들릴 때 나를 잡아주는 글쓰기

한국의 역사 속 인물 중 자존감이 가장 센 사람을 선택하라면 아마 많은 사람이 이순신을 떠올릴 것이다. 남들 눈엔 완전히 궤멸한 수군이었지만, 그는 "아직도 저에게는 12척의 배가 남아 있습니다."라고 외치며 다시 바다로 나갔고, 총탄을 맞아 눈을 감는 순간에도 "나의 죽음을 알리지 말라."라고 말했다. 그의 삶은 우리에게 이런 조언을 한다.

"스스로 자신을 귀하게 생각하면 누구도 당신을 비난할 수 없을 것이다. 만약 비난하더라도 사람들은 당신이 아닌 그를 지탄할 것이다. 자신을 지킬 줄 아는 사람이 세상에서 가장 강한 사람이다."

신세 한탄과 하소연에 빠지면 비슷한 글을 자주, 그것도 매우 길게 쓰게 된다. 거의 모든 사람이 그런 유혹과 매일 마주한다. 유혹에 흔들린 사람은 자기 시간을 내서 긴 하소연을 적고, 유혹에 빠지지 않고 마음의 중심을 지키려고 애쓴 사람은 책이 되고 강연의 주제가 될 콘텐츠를 창조한다. 물론 하소연과 신세 한탄을 하면서 스스로 아픈 마음을 치유한다고 말할 수도 있고 실제로 그런 효과가 있기도 하다. 하지만 문제는 시간의 소비다. 아까운 시간과 긴 글이 그저 사라지는 게 나는 매우 안타깝다. 결국 무언가 새로운 콘텐츠를 창조하는 사람들은 자기 마음의 중심을 잘 지킨 사람들이다. 그렇다고 그들이 완벽하게 중심을 지킨 것은 아니다. 힘들어서 유혹에 빠지고 싶은 날도 있으니까. 나도 마찬가지다. 하지만 이순신 장군은 그럴 때 유혹에 빠지기보다는 그 마음을 그대로 글로 썼다. 그의 삶을 한 줄로 표현하면 이렇게 말할 수 있다.

"나는 아파했다. 그리고 썼다. 그렇게 고통에서 벗어날 수 있었다."

그의 일기와 시에 우리의 마음이 감동하는 이유는, 그가 실제로 느낀 고통과 슬픔을 그대로 적었기 때문이다.

마음을 흔들고 감동을 전할 콘텐츠는 일상에 존재한다. 우리는 모두 일상에서 마주치며 사랑하고 살기 때문이다. 지금 슬프다면 슬픔에 빠져 지내기보다는 슬픔에서 벗어나는 자신의 방법을 글로 적어보라. 글을 쓰며 고통과 슬픔의 굴레에서 벗어날 수 있고, 모든 굴레에서 벗어났을 때 그것을 글과 말로 창조한 자신의 노력과 가치에 기쁨을 느끼게 될 것이다. 슬픔에 빠지지 않으면, 곧 기쁨의 순간을 맞이할 수 있다.

욕구를 제어하면 살아갈 방법을 찾을 수 있다

과하게 먹지 않고, 잠을 최대한 적게 자고, 온갖 비난 속에서 살았던 이순신의 삶은 우리에게 이런 시를 들려준다. 그의 삶을 생각하며 차분한 마음으로 읽어보자.

나는 많이 먹지 않지만,
배가 고프다고 말하는 경우는 거의 없다.
나는 많은 시간 수면을 취하지 않지만,
졸린다는 말은 거의 하지 않는다.
나는 다양한 사람이 나를 비난하는 소리를 듣지만,
심한 감정의 변화를 겪지 않는다.

식욕과 수면욕을 잠재우고 마음을 제어하는 법을 배우기 위해서는, 힘들고 유혹에 빠질 때마다 "너무 힘들어요, 어떻게 해야 하나요?"라는 나약한 질문보다는 강한 의지가 필요하다.

적게 먹고 적게 잠들고 마음을 제어하는 일이 얼마나 소중한지, 그 빛을 보았다면 힘들어도 최선을 다해 견뎌라.
자꾸만 방법을 묻는 자는 자꾸만 스스로 의지를 꺾는 자다.
어떤 방법도 의지를 대신할 수 없다.

왜 방법을 아무리 배워도 달라지지 않을까?

방법보다 의지가 먼저이기 때문이다.

의지가 생기면 자기만의 방법이 보인다.

그대 꼭 기억하라.

방법은 타인의 것이고, 의지는 자신의 것이다.

의지를 잃은 자는 자꾸 타인에게 방법만 구하며,

괜히 타인만 괴롭히면서 자신은 그대로 산다.

그대의 방법을 찾고 싶다면,

잃어버린 그대의 의지를 먼저 찾아라.

지성인은 말과 행동의 주인으로 산다

이순신 장군에 대한 글을 매우 오랜 기간 집필했다. '이 정도면 충분하겠지?'라는 생각을 아예 버리고 시작한 집필이었다. 이유는 간단하다. 그가 남긴 위대한 정신을 담는 데 그런 안이한 자세는 옳지 않았기 때문이다. 그렇게 시작해 탈고를 앞둔 어느 날, 꿈에서 이순신의 말을 들었다. 그의 음성은 차라리 벼락이었다.

"우리는 이기려 하면 이길 것이고, 지고자 하면 질 것이다."

그는 왜 꿈에 나타나 탈고 전에 내게 이 말을 전한 걸까? 우리가 그를 존경하는 이유는 누구나 생각은 할 수 있지만, 그것을 현실에서 구현하는 것은 아이디어 발상 차원의 문제와는 비교할 수 없을 정도로 지

144

난하고 섬세한 과정이기 때문이다. 그는 내게 매우 오랜 기간 동안 자신의 마음속을 뜨겁게 달군 질문이 하나 있다며 이렇게 말했다.

"내 밖에서 힘이 센 사람이 누구인지 아는 것은 중요하지 않다. 치열한 전투 속에서 나는 질문을 멈추지 않았다. '내 안에서 누가 더 힘이 센가?'"

위대한 전략가와 장수는 결코 무기와 병력으로 힘을 겨루지 않는다.

"그대는 그대 안에서 가장 강한가?"

우리는 자신이 내뱉은 말의 주인이다. 하지만 대부분이 말의 주인이 아닌 말의 노예로 산다. 내뱉은 말을 지키기 어렵기 때문이다. 다시 말하면 도덕성을 유지하기 힘들기 때문이다. 인간이 다른 인간의 이익을 위해 산다는 것은 매우 상상하기 어려운 일이다. 생명은 기본적으로 무언가를 먹어야 하고, 수면을 취할 공간이 있어야 하며, 최소한의 욕망을 실현해야 하기 때문이다. 그 모든 것은 결국 자신의 생명을 위한 선택이다. 그래서 나는 아무에게나 도덕성을 요구하지 말라고 강조한다. 생명을 가진 존재에게 도덕성이란 차라리 외면하고 싶은 잔인한 언어다. 도덕이 제대로 적용되었다면 지금 존재하는 모든 규칙과 법, 조직과 단체는 아예 시작하지도 못했을 것이다. 그럴 필요가 없으니까.

145

지성인의 삶을 살기 위한 최소한의 삶의 원칙

나는 최소한의 도덕을 실천하며, 지성인의 삶을 추구한다. 내가 정의한 지성인은 많이 아는 사람이 아니라 자기 말과 행동의 주인으로 사는 사람이다. 그리고 지성인은 이런 원칙을 일상에서 철저하게 지킨다.

1. 내게 어떤 이득이 생길지라도 최소한 타인을 불행하게 하는 선택은 하지 말자. 어떤 이득도 눈물 앞에서는 의미를 잃는다.

2. 열 가지 지식을 배우기보다는 하나의 지식을 실천할 열 가지 방법에 대한 사색을 즐기자. 배우는 일은 그것을 실천할 방법을 찾는 것에 비하면 차라리 기계적인 동작이다. 우리는 실천하며 창조성을 얻는다.

3. 당장 믿을 수 없는 사람이라고 방치하지 말고 믿을 구석을 발견하려 노력하자. 믿음은 멈추지 않는 신념이자 관찰이다. 계속 바라봐야 보이지 않는 부분을 볼 수 있다.

4. 조국을 위해서 산다는 말은 너무 큰 욕심이다. 조국을 사랑한다는 말이 오히려 지킬 수 있는 현실적인 태도다. 사랑하자. 그거 하나면 충분히 모두가 행복할 수 있다.

5. 생명을 바라보라. 지성인의 삶은 이 세상에 내가 아닌 다른 생명도 존재한다는 것을 인지하며 비로소 시작된다.

6. 실천한 적 없으면서 안다고 하지 말고, 아픈 적 없으면서 치료법이 있다고 말하지 말자. 배우고 실천하면 반드시 고통이 따른다. 하지만 모든 지혜는 고통의 시간에서 아주 조금씩 흘러나온다.

7. 그리고 사랑하라. 그저 사랑에 뛰어들어 사랑에 빠져라. 사랑은 모든 지성인이 갖춰야 할 기본 덕목이지만, 그건 배울 수 있는 것이 아니다. 그러나 오직 하나, 사랑에 빠졌을 때만 사랑을 배울 수 있다. 그러니 사랑하라. 사랑하는 자의 오늘은 어제와 다르다. 사랑이 그 사람을 현실에 안주하도록 가만 놔두지 않기 때문이다.

자기 욕망의 시중을 드는 삶에서 벗어나라

나는 매우 오랜 기간 왜 인간에게 욕망이 존재하고, 왜 분노와 슬픔이 교차하는지 고민했다.

신은 왜 굳이 그것을 인간에게 주었을까?

그러다가 문득 깨달았다.

필요 이상의 것을 끝없이 욕망하다가

적절한 순간에 멈추고 멋지게 돌아서게 하려고,

가질 수 없는 사람을 가지려 하다가

적당한 거리를 깨닫고 아름답게 존재하게 하려고,

더 먹고 싶다는 음식을 향한 욕망과

타인을 밟고 올라가고 싶은 성취의 과욕,

그 모든 것을 자제하는 근사한 시간을 가지라고,

신은 우리에게 욕망과 분노와 슬픔을 주었다.

차분하게 너의 인생을 바라보라고,

적절한 선을 찾아 거기에 존재하라고,

세상에서 가장 나쁜 것을 막는 것도

가장 좋은 것을 즐기는 일도 절제가 필요하다고,

우리에게 그 사실을 알려주려고 그것들을 주었다.

좋은 시작과 기분 좋은 과정과 결과에는 반드시 수많은 절제의 순간이 녹아 있다. 좋은 것도 나쁜 것도 절제가 필요하다. 강한 내면에는 언제나 절제된 일상이 존재한다. 당신이 절제한 것이 곧 지금 당신의 모습이다. 진정한 자기 삶의 대가는 자신과 이익이 연결된 사람만을 위해 사는 사람이 아니다. 주변의 모든 사람을 존중하며 생각하는 사람이 바로 진정한 위인이다.

이길 수 있는 방법은 많다.

하지만 그 모든 위대하고도 막대한 것들이

일상에 어떤 영향도 주지 못하는 이유가 있다.

"이길 준비가 되어 있지 않기 때문이다."

수천 명과 함께 전투에 나가도

싸울 때는 철저히 혼자다.

그대의 손과 다리를 움직이는 건,

세상의 무기가 아닌 그대 자신이다.

중요한 건 믿음이다.

자신을 향한 강력한 믿음이다.

치열하게 뛰며 이 문장을 가슴에 새겨 넣자.

"그 누구보다 나는 나를 믿는다.

나는 가장 강력한 나의 편이다."

5장   인문, 불확실한 시대를 건너는 힘

품위가 기꺼이 당신을 따르게 하라

이순신은 수군을 매우 중요하게 생각했다. 하지만 당시 수군은 힘이 빠진 상태였다. 평화가 오랫동안 지속된 탓이다. 조정의 대신들은 육군에 집중해야 한다고 말했다. 그러나 그는 제대로 훈련된 수군도 정비된 배도 거의 없으니 배를 건조하고 수군을 양성해야 한다고 주장하며 그 말을 실천했다. 거북선의 역사가 그것을 증명한다. 그는 화포를 장착한 거북선을 만들고, 수군을 모집해 훈련시키는 일에 힘썼다. 그 이유는 간단하다.

"바다로 쳐들어오는 적은 바다에서 막아야 한다."

하지만 당시 육군의 양성을 주장하던 대표적인 사람 중 한 명인 신립 申砬 장군은 그의 의견에 강렬하게 반대했다.

"일본의 장기는 바다에서의 전투이고, 조선의 장기는 육지에서의 전투이니 수군을 폐지하고 육군에 집중하는 것이 좋습니다."

그러자 이순신은 이렇게 응수했다.

"바다로 오는 적을 막는 데는 수군 이상인 것이 없으니, 수군과 육군 어느 한 가지도 없앨 수 없습니다."

신립 장군이 수군을 폐지하자고 상소를 올린 것과 달리 이순신은 수군의 존재 이유만 설명할 뿐 육군의 폐지나 축소를 언급하지 않았다. 여기에서 우리는 문제의 본질만 바라보며 상대를 윽박지르거나 비난하지 않는 그의 고귀한 정신을 볼 수 있다. 그의 생각은 오직 하나, 결국 왜적은 바다로 쳐들어와 육지로 이동하기 때문에 반드시 바다에서 적을 물리쳐야 한다는 것이었다. 타인을 비난하려는 마음을 접고 자신의 원칙에 따르면 우리는 품위를 지킬 수 있다.

자신의 기쁨을 타인의 고통 위에 쌓지 말라

그의 일기에 나오지 않는 단어가 하나 있다.

"통쾌하다."

내가 그의 사색과 인생을 존경하는 이유가 바로 거기에 있다. 통쾌하다는 것은 무엇을 의미할까? '통쾌'라는 감정은 나로부터 시작되는 게 아니다. 어떤 상황과 사람에서 시작된다. 평소 미워하는 누군가가 힘든 상황에 놓일 때, 우리는 통쾌하다고 표현한다. 결국 통쾌하다는 것은 누군가 아파하고 있다는 거다. 그게 비록 최악의 적이라 할지라도 타인의 아픔을 나의 기쁨으로 느끼는 삶은 아름답지 않다. 이순신 장군은 일생을 왜적과 싸우며 보냈다. 적의 화살과 총에 수많은 사람이 죽어야만 했기에 그 역시 울분을 멈출 수 없었을 것이다. 하지만 그가 선택한 것은 복수가 아닌 평화였다. 복수를 결심했다면 그는 결국 통쾌하다는 결론을 내야 했을 것이다. 하지만 평화를 선택했기에 아름답게 싸울 수 있었다. 그의 전쟁에서 우리가 지독한 냄새가 아닌 성웅의 향기를 느낄 수 있는 이유도 바로 거기에 있다.

타인을 아프게 하면서 기쁨을 느끼는 행위는 우리를 너무 쉽게 살게 만든다. 고통에 익숙해져야 한다. 세상에 그냥 지나가는 것은 없다. 심장의 고통을 느낀 후에야 우리는 비로소 고통을 보낼 수 있다. 그냥 스친 고통은 더 큰 몸집과 두꺼운 심장이 되어 자신을 회피한 우리를 공격할 것이다. 기품이 넘치는 인생을 살고 싶다면, 고통도 행복처럼 받아들이고 겪어야 한다. 그리고 기억하자. 순조로운 인생은 없다. 늘 마음을 지키고, 뒤를 돌아보며 모든 걸음에 집중해야 겨우 원하는 곳에 도착할 수 있다. 해가 뜨고 아침이 밝아오는 모습을 본다는 것은 위대한 하루를 보낸 자에게만 허락된 특권이다. 그대가 매일 그런 특권을 누리고 있다면, 더 나은 내일을 맞이할 가능성도 여전히 존재한다.

한 사람에게 기회를 준다는 것

이순신 장군이 살면서 중요하게 생각한 것 중 하나가 기회를 주는 마음이었다. 물론 서툰 시도는 아픈 결과를 내기도 하지만, 아프더라도 한 번이라도 더 기회를 주고 싶은 게 그의 마음이었다. 그래서 그는 지위 고하에 상관없이 모든 사람에게 기회를 줬다. 중요한 것은 그가 기회를 잡고 성취할 때까지 기다려줬다는 점이다. 억지로 타인을 바꾸려 하지 않고 충분히 기다리고 또 기다렸다.

이건 자연의 법칙과도 닮아 있다. 한식의 대가는 말한다.

"7월의 열무로 김치를 담글 때는 겨울 열무와는 달리 통에 넣을 때 손으로 꾹 눌러 억지로 담지 말아야 한다."

통에 가득 담는다고 위에서 누르면 풋내가 나 향을 망치기 때문이다. 대신 시간이 지나면 열무가 스스로 내려가며 공간을 마련한다. 기다리면 자연은 살 수 있는 공간과 양식을 선물한다. 한 사람에게 일어설 기회를 주는 것도 그렇다. 생각처럼 어려운 일도 아니다. 이순신 장군처럼 일상의 소소한 부분에서 시작하면 된다. 조금 더 믿으면 조금 더 기다릴 수 있다.

"누군가에게 기회를 준다는 것은,

그가 자신의 원하는 모습이 될 때까지 기다릴

마음의 준비를 완벽하게 마쳤다는 것을 의미한다."

완벽한 긍정은 완벽한 부정과 맞닿아 있다

"이번 프로젝트는 반드시 좋은 결과가 나온다."

"이번에 나오는 제품은 고객의 사랑을 받지 않을 수가 없어."

늘 이런 식으로 완벽하게 상황을 긍정하는 사람이 있고, 그들의 말은 거짓말처럼 현실이 된다. 이유가 뭘까? 그게 바로 긍정의 힘일까?

『손자병법』 '시계 始計' 편에 이런 말이 나온다.

승병선승 이후구전 勝兵先勝 而後求戰

패병선전 이후구승 敗兵先戰 而後求勝

간단하게 풀이하면 이렇다.

"이기는 군대는 승리할 상황을 만든 뒤 전쟁을 시작하고, 패하는 군대는 전쟁을 시작한 뒤 승리를 구한다."

그들이 완벽하게 자신의 내일을 긍정하고 그 말이 꼭 들어맞는 이유는, 모든 안 되는 이유를 찾아 불안한 모든 것을 제거한 뒤 시작했기 때문이다.

"완벽한 긍정은 완벽한 부정과 맞닿아 있다."

내가 아는 최고의 긍정 에너지를 가진 사람은 바로 이순신 장군이다. 그가 남긴 어록을 나의 기준으로 다시 썼으니, 그의 생각을 섬세하게 읽어보자.

1. 내게 없는 것이 아닌 존재하는 것을 보라.

   없는 것을 자꾸 바라보면 어리석은 결과만 초래할 뿐이다. 그는 언제나 자신에게 있는 존재를 바라보며 사색에 잠겼다.

   "소신에게는 아직 12척의 배가 남아 있습니다."

   있는 것을 보면 가능성을, 없는 것을 보면 불가능성을 높일 수 있다.

2. 보이지 않는 지점을 바라보라.

   그가 남긴 매우 유명한 어록이다.

   "죽으려 한다면 살 것이고, 살려고 한다면 죽을 것이다."

   긍정은 당장 보이지 않는 곳을 바라보는 힘이다. 죽을 것처럼 힘든 상황이지만, 모든 것을 이겨내고 결과를 낸 상황을 미리 보며 그것을 향해 달려가는 사람은 어떤 나쁜 현실도 막을 수 없다.

3. 생명의 소중함을 인식하라.

   그에게는 인생 자체가 가장 큰 기회였다. 그는 삶 곳곳에서 이렇게 외친다.

   "너에게 기회가 없다고 불평하지 말라."

   그는 패배를 모르는 최고의 장군이었지만, 그가 거둔 모든 승리는 패배할 수밖에 없는 상황에서 시작했다. 하지만 살아 있다는 소중함을 병사들이 깨닫게 하며, 스스로 기회를 찾아내는 삶을 전파했다.

4. 사색이 끝난 자는 쉽게 움직이지 않는다.

더 생각한 자와 덜 생각한 자의 행동은 전혀 다르다. 그의 말이 그것을 증명한다.

"가볍게 움직이지 말라. 침착하게, 태산같이 행동해라."

가볍게 움직인다는 것은 생각이 없다는 뜻이다. 자신의 삶에 대한 생각이 진해질수록 침착해지고, 말과 눈빛은 누구도 움직이게 할 수 없을 정도의 무게를 가지게 된다. 사색하라, 또 사색하라.

5. 상황에 기대지 말고 자신에게 의지하라.

상황은 내가 제어할 수 있는 부분이 아니다. 그는 그것을 이렇게 표현한다.

"비는 오다가도 안 온다."

비가 오거나 오지 않는다고 불평할 이유는 없다. 그것은 인간이 어찌할 수 있는 부분이 아니기 때문이다. 오히려 자신에게 집중하는 사람이 상황이라는 기회를 만나 원하는 것을 이루어 낼 수 있다.

나를 아는 것이 모든 것의 시작이다

앞에 언급한 다섯 가지 사항을 모두 정리할 가장 중요한 문장은 바로 이것이다.

"나를 알고 적을 알면 백 번을 싸워도 위태로움이 없다."

모두가 아는 이순신 장군이 남긴 정말 멋진 말이다. 하지만 그의 말을 섬세하게 살펴보면, 이 문장을 삶에서 실천하기 위한 우선순위가 어떻게 이루어지는지 알 수 있다. 결과에서부터 시작으로 이동하며 분석하면 이렇다. 백 번을 싸워도 백 번 이기는 사람이 있다. 그는 위태롭지 않게 전쟁에서 승리한다. 그는 적을 제대로 아는 사람이다. 그러나 그보다 먼저 자신을 아는 사람이다. 결국 백 번을 싸워도 위태롭지 않게 전승하기 위해서는 먼저 자신을 알아야 한다. 자신을 모르는 사람은 적도 분석할 수 없기 때문이다. 이 문장의 가장 큰 교훈은 자신을 분석할 줄 알아야 한다는 것이다. 동시에 자신을 분석할 줄 아는 자는 쉽게 타인도 분석할 줄 알게 되므로, 백 번 싸워도 백 번 이길 힘을 갖게 된다.

그가 『난중일기』에 쓴 모든 시는 결국 자신을 알기 위한 과정이었다. 시는 우리에게 자신의 내면과 조우하는 시간을 선물하기 때문이다. 그가 쓴 시를 자주 읽고 사색하면 자신의 내면을 만나 조금 더 나은 삶을 사는 데 도움이 될 것이다. 그를 대표하는 시를 하나 소개한다. 그가 7년 동안 전쟁을 치르며 잠을 이루지 못하고 나라와 백성을 걱정하며 보

161

낸 그 마음을 최대한 가까이 느끼려는 의지로 읽어보라.

> 한산섬 달 밝은 밤에
> 성 위에 높이 지은 다락집에 홀로 앉아
> 큰 칼 옆에 찬 나의 시름이 깊어지는 순간
> 어디선가 흐르는 한 곡조의 피리 소리에 애가 끓는다.

부정적인 사고를 내려놓는 순간
새로운 삶의 길이 열린다

1594년 7월에 쓴 일기에는 유독 비에 대한 이야기가 많고 꿈을 분석하는 기록이 자주 눈에 띈다. 하루는 비가 계속 내려 아들 면의 병세를 걱정하다 점을 쳐봤더니 "군왕을 만나보는 것 같다."는 괘가 나왔고, 기쁜 마음에 다시 점을 쳐 밤에 등불을 얻는 격이라는 괘를 얻고는 아주 기뻐했다. 모두 좋은 괘가 나와 마음을 놓았고 생생하게 그 마음을 생각했다. 그 스스로도 "점이 꼭 맞아서 절묘하다."라고 자평할 정도로 그의 점은 이상하게 잘 맞아떨어졌다. 실제로 점을 본 이틀 후 아들 면의 병이 점차 나아지고 있다는 소식을 들었다. 또한 걱정하던 어머니의 건강도 매우 좋다는 소식까지 듣게 된다.

사실 그가 점을 본 이유는 불안하고 두려웠기 때문이다. 그는 스스로 자주 고독하다고 말했으며, 적의 공격을 막아낼 방법을 찾지 못해

162

꿈에서도 두려움을 느끼기도 했다. 그럴 때마다 그는 점을 봤고, 거기에서 새로운 길을 찾았다. 두려운 마음을 이기기 위해 본 점이지만 언제나 그 결과를 희망적으로 판단했기 때문이다.

세상에는 다양한 사람이 있고,

그들이 사는 다양한 상황이 존재한다.

정면을 향해 뻣뻣이 고개를 든 사람,

우측 혹은 좌측으로 고개를 돌린 사람,

유유히 다른 곳을 바라보는 사람,

세계 어느 나라를 가도 사람은 이렇게 나뉜다.

특별히 착하거나 악한 사람이 가득한 나라는 없다.

모든 부류의 사람이 적절히 나뉘어 있을 뿐이다.

그러므로 어떤 상태에서도 욕하거나 흥분할 이유도 없다.

세상은 그저 적당한 상태로 정해져,

그것을 즐기는 사람의 태도로 결정되는 결과물이니까.

상황은 언제나 그것을 해석하는 자의 몫이다.

그대는 어떤 길을 선택해 걸어가고 싶은가?

생각이라는 도구를 제대로 활용하라

이순신 장군이 함께 싸운 병사들에게 던진 질문을 요약하면 이렇게 정리할 수 있다.

"네 생각은 무엇이냐?"

"내 의견에 대해 어떻게 생각하느냐?"

"더 나은 생각이 있느냐?"

그는 지위를 따지지 않고 많은 사람의 생각을 물었다. 이유는 간단하다.

"세상에 정답은 없기 때문이다."

우리는 자꾸 정답을 찾으려고 한다.

"그래서 답이 뭔데?"

"정답이나 알려줘."

그건 생각이라는 멋진 도구를 제대로 활용하는 게 아니다. 생각에 답이 있다면 유일한 답은, "더 나은 생각은 반드시 존재한다."라는 사실이다.

간혹 내가 운영하는 각종 SNS에 내 글을 읽는 분들의 생각을 묻는 글을 올린다. 이를테면 "우리는 왜 운동을 하는 걸까요?"라는 질문을 하는 식이다. 그럼 각자 처한 환경과 조건에 따라 정말 다양한 생각이 댓글로 달린다.

"건강을 위해서 하는 거죠."

"건강하니까 그 젊음을 즐기는 게 아닐까요?"

그런데 가끔 이렇게 묻기도 한다.

"정답이 뭔가요?"

내가 "정답은 없습니다. 오직 생각만이 존재할 뿐입니다."라고 답하면, 다시 이렇게 묻는다.

"작가님 생각은 무엇인가요?"

사실 내 생각을 묻는 댓글에 매우 난감하다. 어떤 문제든 내게는 같은 상황을 다르게 바라보는 열 개 이상의 관점이 존재하기 때문이다. 열 개를 하나하나 다 댓글로 적기는 힘들다. 원고지 백 매 정도는 필요한 생각이기 때문이다.

이순신 장군이 위대한 또 하나의 이유는, 하나의 사물을 보며 그걸 관통할 열의 모습을 그렸다는 데 있다. 타인의 의견을 참고해 끝없이 자신의 생각을 수정하며 더 나은 생각을 찾아냈다. 어쩌면 그의 항해는 적이 아닌 생각을 찾아 떠난 여정이었다. 환경이 아닌 생각이 그를 이기게 했다. 우리가 흔히 말하는 인문학 정신은 세상이 만족할 답을 찾는 게 아니라, 자신의 생각이 추구하는 답을 찾는 것이다.

생각의 힘을 제대로 사용하는 사람들의 습관

순서와 방향을 제대로 알아야 한다. 생각이라는 도구를 제대로 활용하려면 자신의 답을 찾는 데 모든 시간을 투자해야 한다.

1. 적응하기보다 생각하라.

세상이 주입한 생각에 적응하지 말라. 그것은 나의 것이 아니다. "이게 나의 것이다."라고 부를 만한 것을 추구하라. 자신의 생각으로 자신의 일상을 보내라.

2. 중심이 있는 자아는 확장된다.

집단에서 벗어나 강인한 한 사람으로 살아가라. 내가 가진 힘만 나의 힘이다. 그 사실을 잊지 말자. 그 힘이 중심에 자리 잡고 있어야 자신의 의식을 확장할 수 있다.

3. 생각의 힘은 모든 사회의 지도를 뒤집는다.

어느 나라에 가든 그 사회가 정한 지도가 있다. 모두가 그 지도를 따라 움직여야 한다는 사실을 비난하는 사람은 많지만, 스스로 지도를 거부하는 사람은 적다. 세상이 주는 지도를 던져버리고 그대의 길이 적힌 지도를 펴라.

4. 세상은 생각하는 사람과 남의 생각을 따르는 사람으로 나뉜다.

남의 생각에 의지하는 생각의 노예가 되지 말라. 돈의 노예보다 무서운 게 생각의 노예다. 그의 노예가 되면 당신의 모든 운명이 그의 손에서 결정된다. 그것이 무엇이든 스스로 시작하고 끝내는 연습을 자주 하자. 내가 시작한 것만 나의 것이다.

5. 사소한 것부터 스스로 결정하라.

정답을 알려달라고 강요하는 사람의 가장 큰 문제는 사소한 것도 스스로 결정하지 못한다는 점이다. 시작부터 끝까지 스스로 결정하라. 스스로 결정해야 그 일에 의지를 가질 수 있다. 세상의 모든 거대한 것의 시작은 언제나 사소했음을 기억하자.

생각이 우리를 자유롭게 한다

"내 주변에는 그런 생각하는 사람 없는데."
"내 주변 사람들은 다들 반대하던데."
이런 말로 상대를 설득하거나 자기주장을 합리화하려는 건 어리석은 짓이다. 세상에 존재하는 거의 모든 사항에는 그걸 지지하는 사람과 반대하는 사람이 거의 반으로 나뉜다. 결코 완벽한 하나의 의견으로 모아지지 않는다. 결국 위의 경우처럼 말하는 이유는 자신과 같은 생각을 하는 사람만 주변에 있다는 증거이며, 동시에 생각이 다른 사람을 받아들이지 않는다는 편협한 관점을 스스로 인정하는 꼴이다. 간혹 여행지에서 거대한 건축물이나 대상을 사진에 온전히 담기 위해 바닥에 눕다시피 해서 셔터를 누르는 사람이 있다. 나도 그렇게 사진을 찍은 적이 있다. 다만 무엇을 찍어야 하는지 하나의 포인트를 잡지 못했을 때까지만.

어떤 거대한 대상도 결국에는 전체를 사진으로 남길 수 있다.

그래서 세상에는 그렇게 찍힌 수많은 사진이 존재한다. 하지만 자신에게 질문하라.

"이미 존재하는 수많은 사진을 한 장 더 추가하는 게 어떤 의미가 있는가?"

추구하는 방향과 목적, 바라보는 시선과 성숙한 의식이 있다면, 우리는 무언가를 남기기 위해 더는 바닥에 누울 필요가 없다. 모든 제품과 서비스의 콘셉트도 마찬가지다.

모두를 가지려는 시도는 결국 바라보는 관점 자체가 없다는 말이며, 전체를 모두 남기려는 시도는 결국 추구하는 포인트가 없다는 증거다. 전체에 숨은 부분을 바라보면, 거기에 당신이 추구할 유일한 길이 있다. 지금도 그곳은 그대를 향해 번쩍이며 빛나고 있다.

창조의 역사에는 태도라는 공백이 있다

아인슈타인의 가장 대표적인 발명은 "빛의 속도는 일정하다."는 특수 상대성 이론이다. 놀라운 점은 그가 발명한 대부분이 그랬지만, 이 이론을 스위스 특허청에서 일하면서 발견했다는 사실이다. 세상의 모든 성취를 행운 혹은 환경 탓으로 돌리는 사람들은 기어이 그에게서 "아인슈타인은 특허청에서 일했기 때문에 발명하는 데 매우 유리했다."라는 사실을 찾아내고는, 그게 보통 사람인 자신은 그렇게 될 수 없는 이유라고 말할 것이다.

나는 묻고 싶다.

"그대는 왜 자신이 할 수 없는 이유를 힘들게 찾아내, 자신이 무엇도 될 수 없는 이유를 증명하는 데 아까운 시간을 소모하는가?"

아인슈타인은 이렇게 조언한다.

"나약한 태도는 성격도 나약하게 만든다. 창조는 대단한 게 아니다. 당신의 태도가 곧 당신의 창조력이다."

아인슈타인은 단기간에 수많은 성과를 냈다. 세상에는 일이 되게 하는 태도와 안 되게 하는 태도가 있다. 그와 닮은 인생을 산 사람이 바로 이순신 장군이다. 그는 단기간에 수많은 성과를 냈고, 아인슈타인이 그랬듯 승리하는 방법을 발견했다. 모든 창조는 특별한 과정을 통해 만들어내는 것이 아니라, 그들처럼 발견하는 것이다. 그래서 창조는 생각하는 모든 사람이 할 수 있는 매우 보통의 일이다. 다만 이것 하나는 기억해야 한다.

"모든 창조의 역사에는 태도라는 공백이 있고, 우리는 그것을 해석해야만 한다."

나는 인문학을 '인문삶'이라고 말한다. 인문 정신은 배우는 것이 아닌 일상의 실천으로 그 가치를 부여할 수 있는 것이기 때문이다. 자기 삶에 당당하고 내면을 자주 들여다보는 사람은 그런 강력한 삶을 살 수 있다. 그 이유는 간단하다. 그들은 늘 자신을 앞에 두고 생각하기 때문이다. 다른 방식에서 나온 생각을 말하기 때문에 언제나 자신만 살 수 있는 창조적인 일상을 보내게 된다. 그래서 나는 이순신 장군이 인문삶을 제대로 산 사람이라고 생각한다.

정신을 바로잡으면 몸은 따라온다

창조의 과정을 보면 이해는 되지만 우리의 일상에 적용하기는 어렵다는 생각을 하게 된다. 글쓰기도 그렇다. 모든 방법을 다 알아도 글이 써지지 않는 이유가 있다. 바로 그것이다. 창조의 역사에는 태도라는 공백이 있다. 삶의 태도는 창조를 완성하기 위해 필요한 결정적인 부속품이다. 이순신 장군이 승리를 창조할 수 있었던 힘은 바로 이런 태도에 있었다.

"어떤 상황에서도 주도권은 내가 잡는다."

그는 『난중일기』를 쓰는 내내 많이 아팠다. 하지만 그렇다고 전쟁을 쉬거나 휴식을 취하며 마음을 놓고 지낸 적은 하루도 없다. 24시간 내내 아픈 몸을 이끌고 이길 방법을 구상했다. 그는 일기에 이렇게 썼다.

식은땀이 시도 때도 없이 흘러 옷을 적시어 억지로 일어나 앉았다.

그는 방법을 찾는 사람이었다. 힘든 상황이 닥치면 그 상황에

170

매몰된 상태로 사는 사람들은 아픈 몸을 이유로 들지만, 방법을 찾아내 기어코 성취하는 사람들은 우선 정신을 바로잡는다. 그들은 알고 있기 때문이다. 정신을 잡으면 몸은 저절로 따라온다는 사실을.

그대의 현실에 문제가 있다면 태도를 돌아보라. 태도가 곧 자신의 인생을 대하는 마음이며, 살아갈 내일을 보여주는 현실의 증거다.

나의 일상이 내가 살 인생을 결정한다

오랜만에 만난 사람의 변한 모습에 깜짝 놀랄 때가 있다. 단순하게 외모만 변한 게 아니라 그 사람의 느낌, 목소리 등 모든 게 달라졌기 때문이다.

자신에게 질문하라.

'나는 지금 어떻게 살고 있는가?'

세상은 당장 벌을 주지 않는다.

하지만 시간은 그의 잘못을 용서하지 않는다.

자주 생각하는 삶의 목적이 나의 일상을,

자주 말하는 단어와 표현이 나의 목소리를,

자주 접하는 사람과 풍경이 나의 전체적인 느낌을 결정한다.

생각하고, 말하고, 접하는 것을 바꾸면,

나의 일상과 목소리, 전체적인 느낌까지 바꿀 수 있다.

시간은 사람을 변하게 한다.

하지만 자세히 살펴보면,

그 모든 변화는 우리가 보낸 일상의 합이다.

참 무서운 일이지만,

반대로 희망적인 이야기일 수도 있다.

자주 생각하는 삶의 목적을 아름답게,

자주 말하는 단어와 표현을 맑게,

자주 접하는 사람과 풍경을 기품 있게 바꾸면,

우리의 모습도 그렇게 바뀔 수 있기 때문이다.

갑자기 나타난 먹구름 하나에

하늘의 전체적인 분위기가 확 바뀐다.

작은 습관과 일상의 무서움이 거기에 있다.

아름다운 삶의 목적을 갖고,

그에 맞는 단어와 표현을 자주 사용하고,

기품 있는 사람과 근사한 풍경을 자주 만나자,

아름다운 삶의 시작은 거기에서 시작된다.

"내가 보내는 일상을 바꾸면, 내가 살 일생이 변한다."

껍질에 속지 않아야
세상에 자신의 뜻을 전할 수 있다

1593년 6월 8일, 이순신 장군은 한산도로 진을 옮겼다. 그는
그날 탐색선이 돌아오자마자 각 고을의 담당 서리 11명과 몇 마디 말을
나눈 다음 전원의 목을 베어 매달았다. 이유는 간단하다. 자꾸만 거짓 보
고를 했기 때문이다. 그의 결단은 그의 칼처럼 차가웠다. 당시의 마음을
그는 이렇게 표현했다.

같은 백성을 죽인다는 것이 괴롭지만 어쩔 수 없었다. 나의 결단
에 병사 수천 명의 생사가 달려 있기 때문이다.

수천의 병사와 백성을 생각하면 거짓 보고를 저지른 부하에
대한 애증은 껍데기에 불과했다. 그의 마음도 편한 건 아니었다. 그날 그
는 이렇게 일기를 마감한다.

모진 바람이 그치지 않는다. 마음도 바람처럼 어지럽다.

'저 사람은 화장실도 가지 않을 것 같아.'
세상에 그런 사람은 없다. 그럼에도 누군가를 보며 그런 생각
을 하는 이유는 그런 이미지를 느꼈기 때문이다. 하지만 그 사람과 많은

173

시간을 함께 보내면 그 이미지는 사라진다. 물론 처음부터 그런 사람은 없다는 사실은 알고 있지만, 생각만 하는 것과 실제로 확인하는 것은 다른 차원의 문제다.

이순신 장군은 이미지라는 늪에 빠지지 않았다. 상대의 지위와 외모, 가문을 그 사람을 판단하는 기준으로 삼지 않았다. 그의 겉모습과 입에서 나오는 말이 아닌, 그의 행동과 태도를 마치 관찰자처럼 치열하게 들여다보며 본래의 모습을 보기 위해 노력했다.

출세할 기회도 매우 많았다. 하급 관리자 시절, 매우 좋은 기회가 찾아왔다. 왕을 제외한 인물 중 당시 조선에서 최고의 권력을 가진 이조판서 율곡 이이가 그를 만나고 싶다는 뜻을 전한 것이다. 하지만 그는 단칼에 거절하며 그 이유를 이렇게 설명했다.

같은 가문이라 만나도 좋겠지만, 지금은 때가 아닌 것 같습니다.

그가 그렇게 말한 이유는 당시 율곡 이이가 인사권을 행사하는 중직에 있었기 때문이다. 그는 허튼소리를 하지 않았고, 순리에 역행하는 행동도 일체 하지 않았다.

물론 자기 뜻을 이루기 위해 높은 지위가 필요한 것도 사실이다. 하지만 그것이 억지로 짜내듯 얻은 자리라면 그건 오히려 독이 되어 돌아올 뿐이다. 그건 알맹이가 없는 껍데기일 뿐이니까.

세상에는 목표를 이루는 두 가지 방법이 있다. 하나는 세상에 자신의 뜻을 전하며 자연스럽게 명예와 지위를 얻는 것이고, 다른 하나는 억지로 얻은 명예와 지위를 이용해 강압적으로 뜻을 전하는 것이다. 세상에 전할 뜻이 얼마나 고귀하고 아름다운지는 그리 중요하지 않다. 그걸 전하려는 사람이 살아온 인생의 과정이 얼마나 깨끗하고 순결했는가, 그것이 그의 뜻을 대변하기 때문이다. 좋은 뜻을 가졌다면, 더 위대한 삶을 살아야 한다. 그게 바로 자신이 가진 뜻을 향한 최소한의 예의다.

위와 아래로 막힘이 없어야 비로소 공평한 것이다

1592년 2월 16일, 이순신은 새로 쌓은 해자亥子(적의 침입을 막기 위해 성 밖을 둘러 파서 못으로 만든 곳)가 무너져내린 모습을 봤다. 그는 바로 석수장이들을 불러 자세한 사항을 물은 후 벌을 주고 다시 쌓으라 지시했다. 그는 자신의 뜻을 굽히지 않아 수많은 고초를 당했고 몇 번이나 관직을 내놓아야 했다. 하지만 그가 위로만 자신의 뜻을 굽히지 않은 것은 아니었다. 백성과 군사도 공평한 원칙으로 판단했다. 지위가 높고 돈이 많아도 그가 성인이라면 존경했고, 아무리 가난한 백성이라도 그가 잘못을 저지르면 가차 없이 벌을 내렸다. 상황에 따라 변하는 원칙이 아니었기에 더욱 공평해 누구도 이견을 달 수 없었다. 그는 언제나 이런 마음으로 세상과 사람을 대했다.

"모든 일은 시작부터 위대해야 한다."

175

어떤 일을 하려 하는데 '시작을 망설이게 하는 문제'가 눈에 보일 때가 있다. 그때 대개는 '열심히 하다 보면 괜찮아지겠지.'라며 일단 시작한다. 하지만 모든 문제의 80% 이상은 시작한 이후의 시간만큼 크고 거대해지고, 마지막에 이르면 도저히 해결할 수 없는 골칫덩어리가 된다. 결국 일을 하는 게 아니라 문제를 해결하기 위해 시간을 보내게 된다. 시작할 때 발견된 문제는 쉽게 사라지지 않는다. 오히려 그 일을 망치는 주범이 될 가능성이 더 높다. 아무리 시작이 완벽해도 끝을 볼 수 없는 일이 많다. 처음에 보이는 문제는 반드시 해결하고 시작해야 한다.

흔들리지 않고 뜻을 이루는 성취의 기술

뭔가를 시작할 땐 언제나 의욕이 넘친다. 하지만 시작한 후에는 다양한 마음이 성장을 가로막는다. 이런 생각들이다.

'저 사람은 나보다 못하는 것 같은데 잘나가네.'

'내 능력이 더 뛰어난 것 같은데 난 왜 안 될까?'

아무리 겸손한 사람도 승리가 이어지면 스스로 전투 능력이 뛰어나다고 생각하게 되고, 그런 생각이 드는 순간 그는 망가진다. 타인과 경쟁하게 되기 때문이다. 그걸 알고 있던 이순신 장군은 세상에는 전투를 잘하는 장군과 못하는 장군이 존재하는 게 아니라, 단 하나 '나의 전투를 할 수 있는가?'라는 질문에 강력하게 그렇다고 답할 수 있는 장군만 존재한다고 생각했다. 그는 그렇게 자신의 전투를 했다. 그래서 지치지 않을 수 있었다.

　　시작은 누구나 뜨겁다. 그런데 뜨거운 시작이 중간에 열기를 잃고 식는 이유는 자신보다 잘나가는 타인을 바라보며 중심을 잃기 때문이다. 실력이 뛰어나지 않고, 경력도 짧은 것 같은데 자신보다 잘나가니 일할 맛이 나지 않는 것이다. 잘못된 생각이다. 그가 잘나가는 이유는 세상이 정한 기준의 능력이 뛰어나기 때문이 아니라, 자기만의 것을 갖고 있기 때문이다. 세상이 정한 리듬이 아닌 자신의 리듬을 보여주면 된다. 그 세월이 쌓였을 때 비로소 일을 예술로 승화할 수 있다. 영혼으로 만든다는 말을 감히 쓸 수 있게 된다. 마침표 하나도 '나의 의지'로 찍어야 한다. 세상이 정해준 곳이 아니라 내가 생각하는 부분에 찍는 게 중요하다. 그렇게 나온 모든 제품과 서비스에 세상은 언제나 환호한다.

"뜨거운 시작은

자기만의 과정을 거쳐,

독보적인 성과로 자신을 증명한다."

다시 학생이 되라

1597년 7월 15일, 이순신은 조신옥과 홍대방 등 아홉 명을 불러 떡을 차려놓고 간식을 즐기다 가장 늦게 온 이덕필에게 "수군 20여 척이 적에게 패했다."라는 소식을 들었다. 그는 이렇게 한탄했다.

"매우 분하다. 막을 방책이 없다는 것이 더욱 한스럽다."

이튿날도 "적과 싸우는 데 불리한 일이 많다."라는 전갈에 "한탄스럽다."라는 말을 남겼다. 어떤 상황에서 한스럽거나 한탄스럽다는 말을 한다는 것은 무언가 이겨낼 방법을 멈추지 않고 찾고 있다는 증명이다.

그가 늘 이긴 이유는 이길 근거를 미리 마련한 뒤 전투에 임했기 때문이다. 파이팅이라는 구호에는 이길 힘이 없다. 언제나 근거를 철저하게 마련하고 시작해야 한다. 이순신이 철저하게 이길 근거를 마련할 수 있었던 근원적인 힘은 바로 배우려는 자세에 있었다. 또한 배우려는 자세의 중심에는 바로 현실 극복 의지가 있었다.

하루는 전투에서 패하고 돌아온 장수에게 이렇게 말했다.

"우리가 믿을 것은 오직 수군밖에 없는데, 수군이 이런 상태이니 더 기대할 것이 없다. 생각할수록 분하여 가슴이 찢어지는 아픔이 느껴진다."

만약 그에게 현실을 극복하려는 의지가 없었다면 아무것도 배우려 하지 않았을 것이다. 하지만 그는 사는 내내 현실을 극복할 수 있다고 믿었고, 실제로 배움을 통해 그것을 증명했다.

독일을 대표하는 대문호 괴테는 태어날 때부터 죽는 날까지 순탄한 인생을 보냈다. 매우 많은 분야에서 이름을 날렸고, 초년에 쓴 『젊은 베르테르의 슬픔』이 세계적인 베스트셀러가 되는 바람에 당시 바이마르 공국의 재상으로 임명되어 서민의 신분에서 귀족의 신분을 쟁취할 수 있었으며, 부족한 것 없는 나날을 보냈다. 하지만 현실에 만족할 수 없었던 그는 서른일곱 살에 가족과 친구들 몰래 홀로 이탈리아로 떠났다. 그렇게 떠난 이탈리아에서 그는 매우 상기된 표정으로 이렇게 외쳤다.

"아, 나는 다시 학생이 되었다."

결국 그는 나머지 50여 년을 쓸 사색과 글의 영감을 18개월의 이탈리아 기행을 통해 얻었다. 늦은 나이에 이탈리아에서 다시 학생이 되었고, 거대한 것을 배웠다. 간혹 대학원 CEO 과정이나 각종 단체 강연에 가면, 옷에 명찰이 붙어 있거나 테이블에 직책과 이름이 쓰여 있는 플라스틱 명함이 세워져 있다. 그들은 배우러 왔지만 무엇도 배울 수 없다. 학생으로 오지 않았기 때문이다. 어느 기업의 대표, 대학 교수, 단체의 이사라도 그들은 배울 수 없다. 무언가를 배우기 위해 자리에 앉아 있을 때는 대학 교수 혹은 대기업 임원이라는 직책은 내려놔야 한다. 학생으로만 존재해야 한다. 자신이 아는 분야에서나 전문가일 뿐 배우려는 분야에서는 이제 시작하는 학생이기 때문이다.

인문학이란 하나라도 더 배우려는 자세를 의미한다

출생과 함께 좋은 환경과 능력 있는 부모를 만나 특별한 교육을 받으며 자란 사람들은, 많은 보통 사람이 평생 동안 불안에 떨며 지내야 하는 상황을 경험하지 않아도 된다. 물론 나름의 고통은 있겠지만 적어도 내일을 향한 마음은 가벼울 것이며, 남들이 안간힘을 쓰며 살기 위해 분투할 때 조금은 편안한 마음으로 미래를 구상할 것이다.

하지만 그런 사람을 앞지를 수 있는 방법이 있다. 바로 배움을 추구하는 습관을 가지는 것이다. 어디에서든 배울 수 있는 사람은 수많은 곳에 자신의 집을 마련한 사람이며, 자연 곳곳에 보석을 숨겨놓은 사람이다. 어느 자리에서 무슨 일을 해도 주인으로 사는 그들은 언제나 주변을 빛나게 하기 때문이다.

배우는 자는 고귀한 사람이다.
고귀한 사람은 찬사를 받는다.
온갖 호의와 신뢰를 받는다.
다른 사람의 좋은 점을 발견하는 그들의 특징 때문이다.
사람은 누구나 자신의 좋은 점을 발견하고,
그것에 대해 칭찬하며 희망을 키워주는 사람을 따른다.
타인의 훌륭한 점을 발견해 격려해줄 수 있는
사람이 되고 싶다면,

매일 자신의 일상에서 배움을 추구하라.

배우는 자만이 사물과 사람에게서 무언가를 발견할 수 있다.

살아 있는 모든 것을 존경하라

"질투는 비교가 만들어내는 열정이고, 존경은 다른 길을 걷는 자가 만들어내는 열정이다."

질투와 존경은 같은 열정을 만난다. 하지만 그 시작과 방향이 다르게 때문에 목적지는 서로 다르다.

누군가에게 무엇을 배우고 싶다면, 그것을 나만의 것으로 만들고 싶다면, 비교가 주는 질투에서 벗어나 다른 길을 걷는 자의 존경심을 가슴에 품자.

자신과 세상을 분리한 사람만이 끝내 자신의 세상을 창조할 수 있고, 오직 성장만을 반복하는 인생의 시작은 그렇게 이루어진다.

"세상과 사물을 존경하라."

그대로 살아, 그대를 남겨라

2019년 여름, 유럽 사색 투어 중 생각할 겨를도 없이 그 자리에 쓰러졌다. 말이 통하지 않는 그곳에서 수많은 사람이 나를 스쳤다. 그리고 눈앞에는 수백 년 동안 세계인의 사랑을 받은 조각과 그림이 그 당당한 모습을 뽐내고 있었다. 가까스로 정신을 차린 나는 옆 의자에 앉아 아픈 몸을 정신으로 치유하기 위해 집중했다.

도저히 움직일 수 없는 몸, 숨을 쉬기 어려울 정도의 통증과 근육을 조금씩 조여 오는 고통에 '이렇게 죽을 수도 있겠구나.'라는 생각을 하며, 입을 열어 "도와주세요."라는 말도 할 수도 없는 나약한 몸을 바라봤다. 입을 열 힘이 없으니 자연스럽게 눈이 감겼다. 나는 내게 더욱 집중하기로 했다. 그렇게 태어나서 처음으로 느낀 최악의 고통이 찾아온 순간 내면에 접속했다. 그리고 이런 생각을 했다.

'이 느낌을 세상에 전하기 위해서는, 오늘 일을 글로 남겨야

해. 그러려면 일어서야 한다.'

물론 힘이 들었지만, 그때 괴테의 조언이 처음으로 나를 살렸고, 그의 깊은 가르침을 실제로 느낄 수 있었다.

"사람이 태어나 오직 자신만이 할 수 있는 일이 여전히 남았다면, 이렇게 말할 수 있어야 한다. '죽음이여 물러가라'라고."

고통에 맞서 이긴다는 것은 달콤하지 않았다. 고통을 이기기 위해 더한 고통을 견뎌야 했다. 나는 그렇게 30분 정도를 정신력으로 버티며 고통을 극복한 후 다시 일어설 수 있었다. 그때 나는 네 가지 사실을 깨달았다. 누구나 알지만 아무도 모르는 것처럼 여겨지는 것들이다.

하나, 생명은 희망이다.

주머니에 돈이 있어도 죽으면 아무 소용이 없다. 그러나 주머니가 가벼워도 생명이라는 고귀한 가치가 여전히 남아 있다면 희망과 가능성은 충분하다. 내가 사는 인생은 내가 주도해서 싸우고 지켜야 한다. 하지만 우리는 이순신 장군의 인생을 사색하며, 내 나라를 지키기 위해 내가 싸우는데 명나라의 명령을 받아야 했던 고통에 대해 알게 된다. 우리의 인생도 꼭 닮았다. 내가 원하는 것을 이루기 위해 내 생명을 투자하며 분투하지만, 세상 사람들의 간섭과 명령을 받으며 살고 있기 때문이다.

둘, 이길 수 없으면 지키고, 이길 수 있으면 나아간다.

186

이순신 장군은 언제나 척후병을 보내 적의 동태를 살폈고, 언제나 적의 대장 함대를 침몰시켜 적이 스스로 무너지게 했다. 이건 장군이라면 누구나 아는 사실이며, 누구나 하는 것들이다. 중요한 건 가져온 정보와 지식을 어떻게 연결해서 '나의 전략을 세우고 실천하느냐?'에 달려 있다. 그래야 지켜야 할 때와 이길 수 있을 때를 구분할 수 있다. 인생의 많은 문제는 때를 아는 것만으로도 해결할 수 있다.

셋, 누구나 죽는다.

그 용맹한 이순신 장군은 결국 왜적의 총탄에 삶을 마감했다. 생명이 여전히 남아 있다는 것은 희망도 여전히 존재한다는 것을 의미한다. 그래서 살아 있는 자는 불평하지 말아야 한다. 환경과 물질은 다른 사람과 비교할 때 부족하다는 생각이 들 수도 있지만, 생명은 다르다. 생명은 비교 대상이 아니며, 생명 자체가 신이 준 최고의 선물이기 때문이다.

그리고 마지막 넷, 나는 역사다.

타인에 대한 관심은 접고 자신을 향한 눈을 떠야 한다. '나'라는 역사가 존재해야 '너'라는 역사도 소중하기 때문이다. 아무리 돈이 많고 지위가 높아도 내가 사라지면 아무런 의미가 없다. 어디에서 무엇을 하든 그 자리의 중심에 자리를 잡고 당당하게 정면을 바라봐야 한다. 그대에게는 그럴 자격이 있다는 것을 기억하자.

언제나 삶은 우리에게 고통을 준다. 돌아보면 잠시의 기쁨을 느끼기 위해 우리는 수많은 고통을 견디며 살고 있다. 지키고 싶은 내 마음과 사랑하는 사람, 나의 직업과 생각, 그 소중한 것들이 나를 벗어나려고 할 때마다, 나는 이순신 장군의 인생을 사색했다. 그와 대화하며 보낸 지난 수십 년의 기록과 흔적을, 나는 이렇게 한마디로 전하고 싶다.

"그대로 살아, 그대를 남겨라."